La Autobiografía de Charles Darwin

Por

Charles Darwin

RECUERDOS DE LA EVOLUCIÓN DE MI MENTE Y MI CARÁCTER

Un editor alemán me escribió pidiéndome un informe sobre la evolución de mi mente y mi carácter, junto con un esbozo autobiográfico, y pensé que el intento podría entretenerme y resultar, quizá, interesante para mis hijos o para mis nietos. Sé que me habría interesado considerablemente haber leído algún bosquejo de la mente de mi abuelo compuesto por él mismo, por más breve y mortecino que fuera; de lo que pensó y de lo que hizo y de cómo trabajaba. He intentado escribir el siguiente relato sobre mi propia persona como si yo fuera un difunto que, situado en otro mundo, contempla su existencia retrospectivamente, lo cual tampoco me ha resultado difícil, pues mi vida ha llegado casi a su final. Al escribir, no me he esmerado nada en cuanto al estilo.

Nací en Shrewsbury, el 12 de febrero de 1809. Mi padre, según le oí decir, creía que los recuerdos de las personas de mente poderosa se remontaban, en general, muy atrás, hasta períodos muy tempranos de su vida. No es mi caso, pues mi recuerdo más temprano se retrotrae únicamente a unos pocos meses después de haber cumplido cuatro años, cuando fuimos a tomar baños de mar cerca de Abergele; me acuerdo con cierta nitidez de algunos sucesos y lugares de entonces.

Mi madre falleció en julio de 1817, cuando yo tenía poco más de ocho años, y es extraño que apenas pueda recordar nada de ella, aparte de su lecho de muerte, su bata de terciopelo negro y su mesa de trabajo, de curiosa hechura. Creo que mi olvido se debe en parte a mis hermanas, quienes, debido a su gran pena, nunca fueron capaces de hablar de ello o mencionar su nombre; y en parte también a su anterior estado de invalidez. En la primavera de aquel mismo año me enviaron a un colegio de Shrewsbury sin internado, donde permanecí un año. Antes de asistir al colegio fui educado por mi hermana Caroline, pero dudo de que aquel plan funcionara. Me han contado que era mucho más lento para aprender que mi hermana menor, Catherine, y creo que fui en muchos sentidos un chico travieso. Caroline era extremadamente amable, inteligente y cumplidora; pero se esforzaba demasiado en intentar mejorarme, pues, al cabo de tantos años, recuerdo claramente que me decía a mí mismo cuando me disponía a entrar en una habitación donde se encontraba ella: «¿Qué me echará ahora en cara?», y escurría el bulto para no preocuparme de lo que pudiese decir.

Cuando asistí a aquella escuela sin internado, mi gusto por la historia natural, y en especial por el coleccionismo, se hallaba ya muy desarrollado. Procuraba conocer los nombres de las plantas y coleccionaba todo tipo de cosas: conchas, sellos, sobres timbrados, monedas y minerales. La pasión por coleccionar, que lleva a las personas a ser naturalistas sistemáticos, virtuosos o tacaños, fue en mí muy poderosa y de origen claramente innato, pues ninguna de mis hermanas ni mi hermano tuvieron ese gusto.

En mi mente se ha fijado con gran firmeza un pequeño suceso ocurrido aquel año, y espero que esa fijación se deba al profundo sentimiento de inquietud que embargó luego mi conciencia; se trata de algo curioso, pues demuestra que, en aquella edad temprana, me sentía interesado, al parecer, ¡por la variabilidad de las plantas! Dije a otro chico (creo que se trataba de Leighton, quien acabó siendo un conocido liquenólogo y botánico) que podía producir poliantos y primaveras de diversos colores regándolos con ciertos fluidos coloreados, lo cual constituía, por supuesto, una tremenda fábula que nunca había sometido a prueba. Debo confesar también aquí que, de pequeño, era muy dado a inventar falsedades deliberadas, cosa que hacía siempre para suscitar interés. En cierta ocasión, por ejemplo, cogí una gran cantidad de frutas valiosas de los árboles de mi padre y las oculté entre la maleza, y, luego, corrí como una exhalación a difundir la noticia de que había encontrado un tesoro de fruta robada.

Por aquel entonces, o, según espero, a una edad un poco menor, robaba a veces fruta para comerla. Una de mis estratagemas era realmente ingeniosa. El huerto de la cocina se cerraba por la noche y estaba cercado por un muro alto, pero ayudándome en los árboles vecinos lograba subir con facilidad a la albardilla. Luego, fijaba una vara larga al fondo de un tiesto de buen tamaño y, empujando hacia arriba aquel montaje, arrancaba melocotones y ciruelas, que caían al tiesto asegurándome el botín de esa manera. Me acuerdo de haber robado de muy pequeño manzanas de la huerta para dárselas a algunos chicos y jóvenes que vivían en una casita no lejos de la nuestra; pero antes de entregarles la fruta les mostraba lo rápido que podía correr, y es fantástico que no me percatara de que la sorpresa y admiración que manifestaban ante mi capacidad como corredor se debía a las manzanas. Pero recuerdo muy bien que me encantaba oírles declarar que nunca habían visto a un chico correr tan deprisa.

Sólo me acuerdo con claridad de otro incidente de aquellos años en que asistí a la escuela del señor Case: el entierro de un soldado del cuerpo de dragones; y es sorprendente la nitidez con que todavía puedo ver el caballo con las botas vacías de aquel hombre, su carabina suspendida de la silla y las salvas sobre la tumba. Aquella escena agitó hondamente la fantasía poética que había en mí.

El verano de 1818 fui al colegio de enseñanza media del Dr. Butler, en Shrewsbury, donde permanecí siete años, hasta el verano de 1825, cuando cumplí los 16. Me matriculé como interno, y así tuve la gran ventaja de llevar una vida de auténtico estudiante; pero como la distancia a casa apenas pasaba de kilómetro y medio, en los largos intervalos entre el momento de pasar lista y antes de que cerraran el internado por la noche corría a menudo hasta mi hogar. Creo que esta situación, al preservar el afecto y los intereses domésticos, me resultó ventajosa en muchos sentidos. Recuerdo que, al principio de mi vida escolar, tenía que correr con frecuencia muy deprisa para llegar a tiempo, y en general lo conseguía, pues era un corredor veloz; pero cuando dudaba de poder hacerlo, rogaba seriamente a Dios que me ayudara; me acuerdo bien de que atribuía mi éxito a las oraciones y no a la rapidez de mis carreras, y me maravillaba de obtener normalmente aquella ayuda.

He oído decir a mi padre y a mis hermanas mayores que de muy niño me gustaban mucho las caminatas largas y solitarias; pero no sé en qué pensaba. Solía estar a menudo muy abstraído, y en cierta ocasión, mientras regresaba al colegio por lo alto de las fortificaciones que rodeaban Shrewsbury, convertidas entonces en un paseo público sin parapeto en uno de los lados, me salí del camino y caí al fondo, pero la altura no llegaba a dos metros y medio. No obstante, el número de pensamientos que cruzaron por mi cabeza durante aquella caída brevísima pero repentina y completamente inesperada fue asombroso y apenas parece compatible con lo demostrado, según creo, por los fisiólogos cuando dicen que cada pensamiento requiere una apreciable cantidad de tiempo.

Cuando llegué al colegio debía de ser un muchachito muy simple. Un chico llamado Garnett me llevó un día a una pastelería y compró varios pasteles que no pagó, pues el tendero le fiaba. Al salir le pregunté por qué no había pagado, y me respondió al instante: «¿Cómo? ¿No sabes que mi tío dejó en herencia al ayuntamiento una gran cantidad de dinero a condición de que todos los comerciantes diesen sin pagar cuanto quisiera a cualquier persona que llevase este sombrero viejo y lo moviese de una manera especial?»; y a continuación me mostró cómo había que moverlo. Luego, entró en otra tienda donde también le fiaban, pidió algún pequeño artículo moviendo el sombrero de la forma adecuada y lo obtuvo, por supuesto, sin necesidad de pagar. Al salir, me dijo: «Si quieres ir ahora por tu cuenta a esa pastelería (¡qué bien recuerdo el lugar exacto donde se encontraba!), te prestaré mi sombrero y podrás conseguir lo que desees si te lo pones y lo mueves como es debido». Acepté encantado la generosa oferta, entré en la tienda y pedí unos pasteles, moví el viejo sombrero, y ya me marchaba del establecimiento cuando el tendero se lanzó hacia mí, así que dejé caer los pasteles y salí pitando; y me sorprendió ver que mi falso amigo Garnett me recibía con grandes risotadas.

Puedo decir en mi favor que era un niño compasivo, pero que lo debía por entero a las enseñanzas y el ejemplo de mis hermanas. En realidad, dudo de que la compasión sea una cualidad natural o innata. Me encantaba coleccionar huevos, pero nunca tomaba más de uno del nido de un pájaro, excepto en una ocasión en que me llevé todos, no por su valor, sino por una especie de bravata.

Me gustaba mucho pescar y solía quedarme sentado varias horas a la orilla de un río o de una charca observando la boya; estando en Maer me dijeron que podía matar las lombrices con agua y sal, y a partir de aquel día no ensarté nunca una lombriz viva, a expensas, probablemente, de cierta pérdida de eficacia.

Una vez, siendo un niño, cuando asistía a la escuela externa o incluso antes, me porté con crueldad, pues creo que golpeé a un cachorro simplemente por disfrutar de la sensación de poderío; pero la paliza no debió de haber sido grave, pues el cachorro no aulló, de lo cual estoy seguro, pues lo hice cerca de casa. Aquel acto pesó gravemente sobre mi conciencia, como lo demuestra el hecho de recordar el lugar exacto donde cometí el delito. El cargo de conciencia fue tanto más gravoso porque mi amor por los perros era entonces, y siguió siéndolo durante mucho tiempo, una pasión. Los perros parecían saberlo, pues era un experto en arrebatarles el cariño que sentían por sus dueños.

Nada pudo haber sido peor para mi desarrollo intelectual que el colegio del Dr. Butler, pues era estrictamente clásico y en él sólo se enseñaba un poco de geografía e historia antiguas. Como medio educativo, el colegio fue para mí un mero espacio vacío. Durante toda mi vida he sido singularmente incapaz de dominar cualquier idioma. En el colegio se prestaba especial atención a la versificación, algo en lo que nunca me fue bien. Tenía muchos amigos, y entre todos reunimos una gran colección de versos antiguos, y a base de ensamblarlos, ayudado a veces por otros muchachos, conseguía que expresaran cualquier tema. Se daba gran importancia al aprendizaje memorístico de las lecciones del día anterior, tarea que era capaz de realizar con gran facilidad aprendiendo 40 o 50 versos de Virgilio u Homero mientras asistía por la mañana a la capilla; pero aquel ejercicio era absolutamente inútil, pues en 48 horas los olvidaba todos. No era perezoso, y, aparte de la versificación, trabajaba en general los clásicos de manera concienzuda sin recurrir a chuletas. El único placer que obtuve de aquellos estudios fue el que me produjeron algunas odas de Horacio, que me causaban gran admiración. Cuando dejé el colegio no era ni avanzado ni retrasado para mi edad; creo que todos mis maestros y mi padre me consideraban un muchacho corriente, más bien por debajo del nivel intelectual normal. Para mayor mortificación mía, mi padre me dijo una vez: «Lo único que te interesa es la caza, los perros y cazar ratas, y vas a ser una desgracia para ti y para toda tu familia». Pero mi padre, que era la persona más amable que jamás he conocido y cuya memoria amo con todo mi corazón, debía de estar enfadado y fue un tanto injusto al pronunciar tales palabras.

Me gustaría añadir aquí unas pocas páginas sobre mi padre, que fue en muchos sentidos un hombre notable.

Medía 1,88 metros, era de espaldas anchas y muy corpulento: nunca vi un hombre más grande. La última vez que se pesó llegó a los 152 kilos, pero después aumentó mucho de peso. Sus principales características intelectuales eran su capacidad de observación y su actitud comprensiva, que jamás he visto ni superadas ni siquiera igualadas. Sentía como suyas no sólo las tribulaciones de los demás, sino también, y en mayor grado, las alegrías de quienes le rodeaban. Esto le llevaba a idear continuamente estratagemas para hacer disfrutar a la gente, y, aunque odiaba la extravagancia, a realizar muchos actos generosos. Cierto día, por ejemplo, se presentó ante él el señor B., un pequeño manufacturero de Shrewsbury, y le dijo que iba a ir a la bancarrota a menos que pudiese conseguir un préstamo de 10.000 libras esterlinas, pero que no se hallaba en condiciones de otorgar ninguna garantía legal. Mi padre escuchó sus razones para creer que, en definitiva, podría devolver el dinero, y basándose en su percepción intuitiva del carácter de las personas, tuvo la seguridad de que se podía confiar en él. Así que le adelantó la suma, muy considerable para él en su juventud, y al cabo de un tiempo le fue devuelta.

Supongo que fue su empatía lo que le dio una capacidad ilimitada para ganarse la confianza de los demás e hizo de él, en consecuencia, un médico de gran éxito. Comenzó a practicar antes de haber cumplido los 21, y los ingresos de aquel primer año le dieron para mantener dos caballos y un criado. Al año siguiente, su consulta se amplió, y así continuó durante más de 60, cuando ya no atendió a más pacientes. Su gran éxito como médico fue tanto más notable si se tiene en cuenta que al principio, según me contó, odiaba su profesión hasta el punto de que, si hubiera tenido la seguridad de unos ingresos mínimos o si su padre le hubiese permitido elegir, no habría habido nada que le hubiese empujado a seguirla. Al final de su vida, la idea de una operación le producía casi náuseas y apenas podía soportar ver sangrar a una persona. Ese horror me lo transmitió a mí, y recuerdo el terror que sentí cuando, en mis años de escuela, leí que Plinio (me parece que fue él) se había desangrado hasta morir en un baño caliente. Mi padre me contó dos extrañas historias acerca de pérdidas de sangre. Según decía en una de ellas, de muy joven había sido masón. Un amigo suyo que también lo era, y que aparentaba no saber nada sobre la intensidad de sus sentimientos en relación con la sangre, le comentó de pasada mientras iban a una tenida: «¿Supongo que no te importará perder unas pocas gotas de sangre?» Parece ser que, al ingresar como miembro, le vendaron los ojos y le remangaron la chaqueta.

Ignoro si ahora se realiza una ceremonia así, pero mi padre mencionó el caso como un ejemplo excelente del poder de la imaginación, pues sintió claramente cómo le goteaba la sangre por el brazo y apenas dio crédito a sus ojos cuando, a continuación, no pudo encontrar en él el menor pinchazo.

En cierta ocasión, un famoso carnicero del matadero de Londres se hallaba en la consulta de mi abuelo cuando llevaron a otro hombre muy enfermo. Mi abuelo ordenó al boticario que le acompañaba que le aplicara de inmediato una sangría. Pidieron al matarife que sujetara el brazo del paciente, pero él, formulando una excusa, salió del cuarto. Luego explicó a mi abuelo que, aunque creía que había dado muerte con sus propias manos a más animales que cualquier otro londinense, se habría desmayado con toda seguridad, por más absurdo que pudiera parecer, si hubiese visto sangrar al paciente.

Debido a la capacidad de mi padre para ganarse la confianza de la gente, muchos pacientes, en especial señoras, le consultaban cuando sufrían algún malestar, como si fuera una especie de confesor. Según me contó, comenzaban siempre quejándose de manera vaga de su salud, y él, debido a su práctica, adivinaba enseguida de qué se trataba realmente. Luego, les daba a entender que sus padecimientos eran mentales y que ahora podían desahogarse, con lo cual ya no oía nada más sobre dolencias físicas. Un tema común eran las disputas familiares. Cuando algún caballero se le quejaba de su esposa y el conflicto parecía grave, mi padre le aconsejaba actuar de la siguiente manera —y su consejo tenía siempre éxito si el caballero lo seguía al pie de la letra, cosa que no siempre ocurría—. El marido debía decir a su mujer que lamentaba mucho que no pudieran vivir felices juntos, que estaba seguro de que ella sería más dichosa si se separaba de él, que no la culpaba de ninguna manera (éste era el punto en que el hombre fallaba más a menudo), que no la acusaría ante ninguno de sus parientes o amigos y, finalmente, que abonaría las prestaciones más generosas que pudiera permitirse. Luego tenía que pedirle que reflexionara sobre la propuesta. Como no se había descubierto ninguna falta, la mujer se serenaba y no tardaba en darse cuenta de la posición tan embarazosa en que se encontraría al no poder rebatir ninguna acusación y al ser su marido, y no ella, quien le proponía separarse. La dama suplicaba siempre a su esposo que no pensara en separaciones y, por lo general, se comportaba luego mucho mejor.

Dada la habilidad de mi padre para ganarse la confianza de los demás, escuchó un gran número de extrañas confesiones de sentimientos de desgracia y culpa. Solía hablar a menudo del gran número de mujeres deprimidas que había conocido. En varios casos, maridos y mujeres habían mantenido una buena convivencia entre 20 o 30 años, para acabar odiándose con ensañamiento: él lo atribuía a la pérdida de un vínculo común cuando sus hijos se hacían mayores.

Pero la capacidad más notable de mi padre era la de adivinar el carácter y hasta el pensamiento de personas a quienes había visto incluso durante poco tiempo. Conocimos muchos casos de esa capacidad, y algunos de ellos nos parecían casi sobrenaturales. Esta cualidad le libró de entablar amistad con hombres que no la merecían, a excepción de un caso, aunque no tardó en descubrirse el carácter de aquel individuo. En cierta ocasión llegó a Shrewsbury un extraño clérigo que parecía persona adinerada; todo el mundo acudía a visitarlo, y se le invitaba a muchas casas. Mi padre le hizo una visita, y, al volver, dijo a mis hermanas que bajo ningún concepto debían invitarlo a él o a su familia, pues estaba seguro de que no era persona de fiar. Al cabo de unos meses se largó de repente, pues había contraído fuertes deudas, y se descubrió que no pasaba de ser un estafador habitual. El suceso siguiente es un caso de confianza que poca gente se habría atrevido a mostrar. Un caballero irlandés, un perfecto desconocido, vino a ver a mi padre cierto día diciendo que había perdido su bolsa y que para él sería un grave inconveniente esperar en Shrewsbury hasta poder recibir un envío de dinero desde Irlanda. A continuación le pidió que le prestara 20 libras, cosa que mi padre hizo de inmediato, pues tenía la seguridad de que la historia era verdadera. En cuanto transcurrió el tiempo requerido para una carta enviada desde Irlanda, llegó una con los agradecimientos más profusos y que, según decía el remitente, incluía un billete de 20 libras del Banco de Inglaterra; pero la carta no contenía billete alguno. Pregunté a mi padre si eso no le hacía vacilar, y él me respondió: «Ni lo más mínimo». Al día siguiente llegó otra con muchas excusas por haber olvidado (como auténtico irlandés) incluir el billete en la carta el día anterior.

Un conocido de mi padre le consultó acerca de su hijo, que era extrañamente holgazán y no se decidía a trabajar en nada. Mi padre le dijo: «Creo que ese estúpido joven piensa que le voy a prestar una buena suma de dinero. Dile que te he explicado que no pienso dejarle ni un penique». El padre del joven reconoció avergonzado que aquella absurda idea se había apoderado de su hijo, y preguntó a mi padre cómo había logrado descubrirlo, pero mi padre le dijo que lo ignoraba por completo.

El conde de N. llevó a la consulta de mi padre a su sobrino, un muchacho demente pero muy amable; la locura del joven le inducía a acusarse de todos los delitos cometidos bajo el cielo. Al hablar luego del caso con el tío, mi padre le dijo: «Estoy seguro de que su sobrino es realmente culpable de… un crimen abyecto». Ante lo cual, el conde de N. exclamó: «Dios mío, Dr. Darwin, ¿quién se lo ha dicho? ¡Pensábamos que nadie conocía el caso fuera de nosotros!» Mi padre me contó la anécdota muchos años después del suceso y yo le pregunté cómo había distinguido la verdad de las falsas autoinculpaciones; y fue muy característico de él decirme que no podía explicar cómo había sucedido.

La siguiente historia muestra lo buenas que podían ser las conjeturas de mi padre. Lord Sherburn, más tarde primer marqués de Lansdowne, era famoso (según observa Macaulay en algún lugar) por su conocimiento de los asuntos europeos, de lo cual se ufanaba considerablemente. Hizo una consulta médica a mi padre y, luego, le soltó un discurso sobre la situación de Holanda. Mi padre había estudiado medicina en Leyden, y un buen día había dado un largo paseo por el campo con un amigo, que lo condujo a la casa de un clérigo (a quien llamaremos reverendo Sr. A. pues he olvidado su nombre), que se había casado con una inglesa. Mi padre tenía mucha hambre, y allí no había gran cosa para tomar un bocado, excepto queso, que él no probaba. Esto sorprendió y apenó a la anciana señora, quien aseguró a mi padre que se trataba de un queso excelente que les habían enviado de Bowood, solar de lord Sherburn. Mi padre se extrañó de que le hubieran mandado un queso desde Bowood, pero no pensó más en el asunto hasta que le vino a la mente muchos años después, mientras lord Sherburn hablaba sobre Holanda. Así que le respondió: «Por lo que vi en casa del reverendo Sr. A., debo pensar que era un hombre muy capaz y que estaba muy al tanto de la situación en Holanda». Mi padre vio que el conde, que cambió al instante de conversación, se había sobresaltado considerablemente. A la mañana siguiente recibió una nota de lord Sherburn donde le decía que había aplazado el inicio de su viaje y tenía especiales deseos de verlo. Al presentarse en casa, el conde dijo: «Dr. Darwin, es sumamente importante para mí y para el reverendo Sr. A. saber cómo descubrió usted que él es la fuente de mi información sobre Holanda». Mi padre tuvo que explicar, por tanto, de qué se trataba y supuso que lord Sherburn se sintió muy impresionado por su habilidad diplomática para hacer conjeturas, pues, a continuación, recibió de él durante muchos años numerosos mensajes amables a través de diversos amigos. Pienso que lord Sherburn debió de haber contado la anécdota a sus hijos, pues sir C. Lyell me preguntó hace muchos años por qué el marqués de Lansdowne (hijo o nieto del primer marqués) sentía tanto interés por mí, a quien nunca había visto, y por mi familia. Cuando se añadieron 40 nuevos miembros al club Athenaeum (los 40 ladrones, como se les llamó), se presentaron muchas solicitudes para formar parte del grupo; y sin que yo lo hubiera pedido a nadie, lord Lansdowne me propuso y logró que me eligieran. Si mi hipótesis es cierta, el hecho de que mi elección como miembro del Athenaeum fuera el resultado de que mi padre no hubiese comido queso en Holanda medio siglo antes se debió a una rara concatenación de circunstancias.

A una edad temprana, mi padre ponía de vez en cuando por escrito descripciones breves de algún suceso o conversación curiosa que se hallan guardadas en un sobre aparte.

La agudeza de su capacidad de observación le llevaba a predecir con notable destreza el curso de cualquier enfermedad, y nunca cesaba de proponer pequeños remedios. Según me contaron, un médico joven de Shrewsbury que no sentía ningún afecto por mi padre solía decir de él que no era nada científico, pero reconocía que su capacidad para predecir el final de una enfermedad no tenía parangón. Al principio, cuando pensó que yo debía ser médico, me habló mucho de sus pacientes. En aquel tiempo, las sangrías copiosas eran una práctica universal, pero mi padre sostenía que con ellas se causaba más mal que bien, y me aconsejó que, si alguna vez caía enfermo, no permitiera a ningún médico extraerme más que una pequeña cantidad de sangre. Mucho antes de que la fiebre tifoidea fuera reconocida como una afección diferenciada, mi padre me dijo que bajo el nombre de tifus se confundían dos tipos de enfermedad completamente distintos. Era enemigo declarado de la bebida y estaba convencido de los malos efectos del alcohol, tanto directos como heredados, en la mayoría de los casos, si se tomaba de manera habitual, incluso en cantidades moderadas. No obstante, admitía que algunas personas —y presentaba ejemplos—podían beber abundantemente durante toda su vida sin sufrir, al parecer, consecuencias nocivas; y creía también poder predecir en muchas ocasiones quién no las padecería. Él mismo no tomó nunca ni una gota de alcohol. Esto me recuerda un caso que demuestra cómo un testigo puede estar completamente equivocado, incluso en las circunstancias más favorables. Mi padre instó enérgicamente a un caballero granjero a no beber, y le animó a ello diciéndole que él no consumía nunca bebidas alcohólicas. Al oírlo, el caballero le dijo: «Vamos, vamos, doctor, eso no es así —aunque es muy amable de su parte que lo diga por hacerme un favor—, pues sé que cada noche, después de cenar, se toma usted un gran vaso caliente de ginebra con agua». Mi padre le preguntó cómo lo sabía. Y el hombre le contestó: «Mi cocinera fue pinche en su cocina durante dos o tres años y veía cómo el mayordomo le preparaba y le llevaba a diario la ginebra y el agua». La explicación era que mi padre tenía la extraña costumbre de beber agua caliente en un vaso muy alto después de la cena; y el mayordomo solía verter antes en él un poco de agua fría, que la muchacha tomaba equivocadamente por ginebra, y luego lo rellenaba con agua hirviendo del hervidor de la cocina.

Mi padre solía explicarme muchas menudencias que le habían resultado útiles en la práctica de la medicina. Por ejemplo, que las señoras lloraban mucho cuando le contaban sus problemas, haciéndole perder así gran parte de su precioso tiempo. No tardó en descubrir que, si les suplicaba que se dominaran y contuvieran, las hacía llorar aún más, así que a partir de entonces las animaba siempre a seguir llorando, diciéndoles que eso las aliviaría más que ninguna otra cosa, con el resultado invariable de que enseguida dejaban de llorar y él podía oír lo que tuviesen que decirle y darles su consejo. Cuando un paciente muy enfermo deseaba algún alimento raro y antinatural, mi padre le preguntaba qué le había metido semejante idea en la cabeza; si el paciente le respondía que no lo sabía, le dejaba probarlo, a menudo con buenos resultados, pues confiaba en que tuviese una especie de deseo instintivo; pero si le contestaba que había oído decir que el alimento en cuestión había beneficiado a algún otro, se negaba con firmeza a darle su aprobación.

Cierto día me ofreció una pequeña y rara muestra de cómo es la naturaleza humana. Siendo aún muy joven, fue llamado a consulta por el médico de una familia para tratar el caso de un caballero muy distinguido de Shropshire. El anciano doctor dijo a la esposa del paciente que las características de la enfermedad eran tales que el resultado debería ser fatal. Mi padre expresó una opinión diferente y mantuvo que el caballero se recuperaría; según se demostró (creó que por medio de la autopsia), estaba totalmente equivocado, y admitió su error. En ese momento tuvo la convicción de que jamás volvería a ser consultado por aquella familia; pero al cabo de unos meses, la viuda le mandó llamar tras haber despedido al viejo médico de cabecera. Mi padre se sintió tan sorprendido que pidió a un amigo de la viuda que averiguara por qué le habían consultado de nuevo. La viuda respondió a su amigo que «no quería volver a ver a aquel doctor odioso y viejo que había dicho desde el primer momento que su marido moriría, ¡mientras que el Dr. Darwin siempre había mantenido que iba a recuperarse!» En otro caso, mi padre dijo a una señora que su marido iba a fallecer con toda seguridad. Al cabo de unos meses vio a la viuda, que era una mujer muy sensible, y ella le dijo: «Es usted muy joven y me va a permitir aconsejarle que, mientras le sea posible, dé siempre esperanzas a cualquier pariente próximo que cuide de un paciente. Usted me hizo desesperar, y desde aquel momento perdí fuerzas». Mi padre decía que, desde entonces, había comprobado a menudo la importancia primordial de mantener las esperanzas en bien del paciente, y con ellas la fuerza de la enfermera que estuviese a su cargo. A veces le resultaba difícil compatibilizar tal actitud con la verdad. El señor Pemberton, un anciano caballero, no le causó, sin embargo, esa clase de perplejidad. Pemberton, que le había mandado buscar, le dijo: «Por todo lo que he visto y oído sobre usted, creo que es la clase de hombre que me contará la verdad, y que, cuando me esté muriendo, me lo dirá si se lo pregunto. Ahora bien, deseo mucho que me atienda si me promete que, diga lo que diga, sostendrá siempre que no voy a morir». Mi padre accedió entendiendo que sus palabras se considerarían, en realidad, vacías de significado.

Mi padre poseía una memoria extraordinaria, en especial para las fechas, y sabía, por tanto, incluso de muy anciano, el día del nacimiento, matrimonio y muerte de una multitud de personas de Shropshire. En cierta ocasión me dijo que aquella capacidad le irritaba, pues una vez que había escuchado una fecha, no podía olvidarla; y así era frecuente que recordara a menudo los fallecimientos de muchos amigos. Debido a su vigorosa memoria sabía una extraordinaria cantidad de anécdotas curiosas que le gustaba contar y era un gran conversador. Por lo general solía estar de muy buen humor y reía y bromeaba con la mayor libertad con todo el mundo —a menudo con los criados—; no obstante, poseía el arte de hacer que todos le obedecieran al pie de la letra. Muchos le tenían un gran temor. Recuerdo a mi padre decirnos un día entre risas que varias personas le habían preguntado si la señorita Pigott (una gran dama ya anciana de Shropshire) había pasado por su casa, así que, finalmente, indagó por qué le hacían aquella pregunta y le dijeron que la señorita Pigott, a quien mi padre había ofendido mortalmente de algún modo, andaba diciendo a todo el mundo que iba a hacer una visita a «aquel médico gordo y viejo» y decirle «muy claramente qué pensaba de él». En realidad, ya había ido a verlo pero se había acobardado, pues nadie pudo haberse mostrado más cortés y amistoso. De muchacho fui a pasar unos días en casa del comandante B., cuya esposa estaba loca; la pobre mujer, en cuanto me vio, se sumió en el estado de terror más lamentable que haya visto nunca, llorando amargamente y preguntándome una y otra vez: «¿Va a venir su padre?», aunque no tardó en apaciguarse. Al volver a casa, pregunté a mi padre por el motivo de aquel espanto, y me respondió que se sentía muy contento de oírmelo contar pues la había asustado deliberadamente, ya que tenía la certeza de que podrían mantenerla a salvo y mucho más feliz sin traba alguna si, cuando se ponía violenta, su marido podía influir en ella diciéndole que iba a mandar a buscar al Dr. Darwin; aquellas palabras funcionaron a la perfección durante el resto de su larga vida.

Mi padre era muy sensible, de modo que muchos pequeños sucesos le irritaban o apenaban considerablemente. En cierta ocasión le pregunté, cuando ya era anciano y no podía caminar, por qué no salía en coche para hacer ejercicio. Él me respondió: «Cualquier carretera que parta de Shrewsbury está asociada en mi mente a algún acontecimiento doloroso». En general, sin embargo, tenía muy buen ánimo. Era fácil hacerle enfadar, pero como su amabilidad no conocía límites, la gente le tenía, en general, un afecto profundo.

Era cauteloso y un buen negociante, por lo que apenas perdió dinero en ninguna de sus inversiones y dejó a sus hijos una fortuna muy considerable. Recuerdo una anécdota que muestra con qué facilidad nacen y se difunden creencias completamente falsas. El Sr. E., miembro de una de las familias más antiguas de Shropshire y socio principal de un banco, se suicidó. Mi padre fue llamado por puro formalismo y lo encontró muerto. Quiero mencionar de pasada, para mostrar cómo se manejaban los asuntos en aquellos viejos tiempos, que, como el Sr. E. era una persona bastante importante y universalmente respetada, no se llevó a cabo ninguna investigación sobre su cadáver. Mi padre, al volver a casa, consideró apropiado pasar por el banco (donde tenía una cuenta) para informar del suceso al socio en la gerencia, pues no era improbable que aquel hecho provocara un pánico bancario. Pues bien, la historia que se difundió por todas partes fue que mi padre había ido al banco, había retirado todo su dinero, y, tras salir de allí, había vuelto de nuevo y había comentado: «Quería decirle tan sólo que el Sr. E. se ha suicidado», y a continuación se había marchado. Al parecer, por aquel entonces existía la creencia generalizada de que el dinero retirado de un banco no estaba seguro mientras el interesado no hubiese salido por la puerta del establecimiento. Mi padre no oyó aquella historia hasta poco después, cuando el socio gerente le dijo que había incumplido su norma inalterable de no permitir a nadie ver la cuenta de otra persona y había mostrado el libro de contabilidad a varios individuos para demostrar que mi padre no había retirado aquel día ni un penique. Por parte de mi padre habría sido deshonroso utilizar su conocimiento profesional para obtener un provecho particular. No obstante, aquella supuesta acción fue muy admirada por algunos, y muchos años después un caballero comentó: «¡Ah, doctor, qué espléndido hombre de negocios fue usted al poner con tanta astucia todo su dinero a salvo retirándolo de aquel banco!»

Mi padre no poseía una mente científica y no intentaba universalizar su conocimiento bajo leyes generales; sin embargo, formulaba teorías para casi todo cuanto sucedía. Aunque no creo haber obtenido de él grandes beneficios intelectuales, su ejemplo debió de haber prestado un gran servicio moral a todos sus hijos. Una de sus reglas de oro (dura de seguir) decía: «Nunca seas amigo de nadie a quien no puedas respetar».

Respecto al padre de mi padre, el autor de Botanic Garden [El jardín botánico] y otras obras, he recogido en su Vida, ya publicada, todos los datos que he podido recabar.

Una vez dicho todo esto acerca de mi padre, añadiré unas pocas palabras sobre mi hermano y mis hermanas.

Mi hermano Erasmus poseía una mente notablemente clara de gustos amplios y variados y conocimientos en literatura, arte e, incluso, ciencia. Durante un breve tiempo coleccionó y secó plantas, y a lo largo de un período algo mayor realizó experimentos de química. Era sumamente agradable, y su ingenio me recordaba el de las cartas y obras de Charles Lamb. Tenía muy buen corazón, pero su salud había sido débil desde su niñez y, en consecuencia, carecía de energía. No era muy animoso y a veces se mostraba decaído, sobre todo al comienzo y en la mitad de su vida adulta. Fue un gran lector, incluso de niño, y en mis años de escuela me animaba a leer prestándome libros. Sin embargo, nuestra mente y nuestros gustos eran tan diferentes que no creo deberle mucho intelectualmente, como tampoco a mis cuatro hermanas, que poseían caracteres muy distintos, y algunas muy marcados. Todas fueron extremadamente amables y afectuosas conmigo a lo largo de su vida. Tiendo a estar de acuerdo con Francis Galton en que la educación y el entorno influyen sólo escasamente en nuestra manera de ser y de pensar, y que la mayoría de nuestras cualidades son innatas.

Este esbozo del carácter de mi hermano fue escrito antes del que apareció en los Recuerdos de Carlyle, que, en mi opinión, contiene poca verdad y ningún mérito.

Al volver la vista atrás y contemplar lo mejor que puedo mi personalidad durante mis años escolares, las únicas cualidades que resultaron ser en aquel período muy prometedoras para el futuro fueron mis gustos, fuertes y variados, un gran empeño en todo lo que me interesaba y un placer intenso en comprender cualquier asunto o cosa complicada. Un tutor privado me enseñó la teoría euclidiana y recuerdo nítidamente la intensa satisfacción que me causaron las claras demostraciones geométricas. Me acuerdo con igual claridad del deleite que me proporcionó mi tío (el padre de Francis Galton) al explicarme el principio de la escala vernier del barómetro. En cuanto a otras aficiones diversas no relacionadas con la ciencia, me encantaba leer libros variados y solía pasar horas sentado leyendo las piezas históricas de Shakespeare, generalmente junto a una vieja ventana abierta en las gruesas paredes del colegio. También leía otras obras poéticas, como las recién publicadas de Byron, Scott y las Estaciones de Thomson. Lo menciono porque, más adelante, perdí por completo, y lo lamento, cualquier placer en todo tipo de poemas, incluido Shakespeare. En relación con el placer derivado de la poesía añadiré que, en 1822, durante una cabalgada por los límites de Gales, se despertó en mí por primera vez un intenso sentimiento de gozo por el paisaje que ha durado más que cualquier otro disfrute estético.

Al comienzo de mis días escolares tuve un ejemplar de Wonders of the World [Maravillas del mundo], que leí a menudo, además de discutir con otros muchachos sobre la veracidad de algunas de sus afirmaciones. Creo que ese libro despertó por primera vez en mí el deseo de viajar a países lejanos, satisfecho finalmente con el viaje del Beagle. En la última parte de mi vida estudiantil me apasioné por la caza, y no creo que nadie haya podido mostrar mayor celo por la causa más sagrada que el mío por cazar aves. ¡Qué bien me acuerdo de cuando maté la primera agachadiza! Mi emoción fue tan grande que me resultó muy difícil recargar el arma debido al temblor de mis manos. Este gusto perduró mucho tiempo y acabé siendo un buen tirador. En Cambridge solía practicar llevándome el arma al hombro delante de un espejo para ver si la alzaba en posición horizontal. Otro método aún mejor consistía en que un amigo moviera de un lado a otro una vela encendida y, a continuación, disparar con un fulminante en la bocacha; si la puntería era correcta, el ligero soplido de aire apagaba la vela. La explosión del fulminante producía un crujido seco y, según me dijeron, el tutor del colegio universitario comentó: «¡Qué cosa tan rara! Parece ser que el Sr. Darwin se pasa horas haciendo restallar un látigo en su habitación, pues oigo a menudo el crujido al pasar por debajo de sus ventanas».

Entre los chicos del colegio tenía muchos amigos por quienes sentía un gran cariño; creo que yo era entonces de carácter muy afectuoso. Algunos de aquellos muchachos eran bastante inteligentes, pero debo añadir, en función del principio «noscitur a socio» [«dime con quién andas y te diré quién eres»], que ninguno de ellos llegó a distinguirse lo más mínimo.

Respecto a la ciencia, seguí coleccionando minerales con mucha dedicación, pero de manera nada científica: lo único que me interesaba eran los nombres de los nuevos minerales, y apenas me esforzaba por clasificarlos. Debí de haber observado insectos con cierta atención, pues a los 10 años (en 1819) fui a pasar tres semanas a Plas Edwards, en la costa de Gales, y me sentí muy interesado y sorprendido al ver un gran hemíptero de color negro y escarlata, muchas polillas (Zygaena) y una cicindela, ninguno de los cuales se encuentra en Shropshire. Estuve a punto de comenzar a coleccionar todos los insectos que pudiese hallar muertos, pues, tras consultar a mi hermana, llegué a la conclusión de que no estaba bien matarlos para formar una colección. La lectura de Selborne [La historia natural de Selborne] de White me hizo experimentar un gran placer observando las costumbres de las aves, y hasta tomé notas sobre el tema. En mi simplicidad, recuerdo haberme preguntado por qué los miembros de las buenas familias no se hacían todos ornitólogos.

Hacia el final de mi vida escolar, mi hermano se dedicó seriamente a la química, montó un laboratorio bastante aceptable con los aparatos apropiados en la cabaña de herramientas del huerto y me permitió ayudarle como asistente en la mayoría de sus experimentos. Obtuvo todos los gases y numerosos compuestos, y yo leí atentamente varios libros sobre química, como el Chemical Catechism [Catecismo de química] de Henry y Parkes. El tema me interesó grandemente, y solíamos trabajar hasta bien entrada la noche. Ésta fue la mejor parte de mi educación escolar, pues me mostró de manera práctica el sentido de la ciencia experimental. En el colegio llegó a saberse que realizábamos trabajos de química y constituyó un hecho sin precedentes. Me pusieron el mote de «Gas». Y en cierta ocasión fui reprendido por el director, el Dr. Butler, por perder el tiempo de aquel modo en asuntos sin provecho; además me calificó muy injustamente de «poco curante» [«despreocupado», «desinteresado»], y como no entendí qué quería decir, me pareció un reproche terrible.

Como no iba nada bien en el colegio, mi padre, sensatamente, me sacó a una edad menor de lo habitual y (en octubre de 1825) me mandó con mi hermano a la universidad de Edimburgo, donde permanecí dos años o dos cursos. Mi hermano estaba acabando la carrera de medicina, aunque no creo que, en realidad, tuviera nunca la intención de ejercerla, y yo fui enviado allí para iniciarla. Pero muy poco después de aquel período me convencí, por diversas circunstancias menores, de que mi padre iba a dejarme en herencia suficientes bienes como para subsistir con cierta comodidad, aunque nunca imaginé que llegaría a ser tan rico como soy; de todos modos, aquella convicción fue lo bastante sólida como para contrarrestar cualquier esfuerzo importante por aprender medicina.

La enseñanza en Edimburgo se impartía exclusivamente mediante clases magistrales, que eran insoportablemente aburridas, a excepción de las de química, que daba Hope; para mí, sin embargo, no hay ninguna ventaja en asistir a clases de Materia Medica a las 8 de una mañana de invierno, y el recuerdo de muchos de sus inconvenientes me resulta aterrador. El Dr. Munro daba unas clases de anatomía humana tan obtusas como él mismo, y la asignatura me resultaba desagradable. Uno de los mayores males de mi vida ha sido que no se me instara a practicar disecciones, pues no habría tardado en superar mi repugnancia, y esa práctica habría tenido un valor inestimable para mi futuro trabajo. Esto, y mi incapacidad para el dibujo, ha acabado siendo un mal irremediable. También acudí con regularidad a las salas de enfermos del hospital. Algunos casos me angustiaron mucho, y todavía conservo imágenes intensas de varios, pero no fui tan necio como para permitirme fallos de asistencia. No puedo entender por qué esta parte de mi carrera de medicina no me interesó más, pues durante el verano anterior a mi marcha a Edimburgo comencé a atender a algunas personas pobres, sobre todo niños y mujeres de Shrewsbury. Redactaba con la mayor exhaustividad posible un informe de los casos con todos sus síntomas y luego se lo leía en voz alta a mi padre, quien me proponía nuevas indagaciones y me aconsejaba qué medicinas recetar, medicinas que elaboraba yo mismo. En cierto momento tuve, por lo menos, una docena de pacientes y sentí un vivo interés por aquel trabajo. Mi padre, que era con mucho el mejor juez que haya conocido para discernir el carácter de la gente, declaró que podría triunfar como médico —con lo cual se refería a tener muchos pacientes—. Sostenía que el principal factor del éxito era despertar confianza; pero ignoro qué vio en mí para convencerle de que yo podría ser capaz de suscitarla. También acudí en dos ocasiones a la sala de operaciones del hospital de Edimburgo y vi realizar dos intervenciones muy peligrosas, una de ellas en un niño. Pero salí corriendo de allí antes de que terminaran y no volví a aparecer nunca más, pues era difícil que hubiese habido un aliciente lo bastante fuerte como para inducirme a hacerlo; todo ello ocurría antes de los tiempos benditos del cloroformo. Aquellos dos casos me obsesionaron durante un año largo.

Mi hermano estuvo en la universidad sólo un curso, así que en el segundo hube de valerme por mis propios medios, lo cual fue una ventaja, pues acabé conociendo a varios jóvenes muy interesados por las ciencias naturales. Uno de ellos fue Ainsworth, que publicó más tarde sus viajes por Asiria; en geología seguía la corriente werneriana y sabía un poco de muchas cosas, pero era superficial y de labia fácil. El Dr. Coldstream era un joven muy distinto, remilgado, formal, muy religioso y sumamente amable; más tarde publicó algunos buenos artículos sobre zoología. Un tercer joven fue Hardie, que, en mi opinión, habría sido un buen botánico, pero falleció prematuramente en la India. Y finalmente, el Dr. Grant, varios años mayor que yo, pero a quien no logro recordar cómo llegué a conocer: publicó algunos artículos zoológicos de gran calidad, pero, tras marchar a Londres como profesor del University College, no hizo nada más en el campo de la ciencia —un hecho que siempre me ha resultado inexplicable—. Lo conocí bien; era un hombre seco y de trato formal, pero con mucho entusiasmo bajo su caparazón exterior. Un día en que paseábamos juntos, estalló en expresiones de admiración hacia Lamarck y sus opiniones sobre la evolución. Yo le escuché en un silencio estupefacto y, hasta donde puedo juzgar, sin que sus palabras ejercieran ningún efecto sobre mi mente. Previamente había leído la Zoonomía de mi abuelo, donde se mantienen puntos de vista similares, pero sin consecuencia alguna sobre mí. No obstante, es probable que el hecho de haber oído mantener y elogiar esa clase de opiniones en un momento de mi vida más bien temprano pudiera haber favorecido que también yo las sostuviera en forma diferente en mi obra El origen de las especies. Por aquel entonces sentía una gran admiración por la Zoonomía, pero al leerla una segunda vez tras un intervalo de 10 o 15 años, me llevé una gran decepción, pues las especulaciones son proporcionalmente muy numerosas en comparación con los datos aportados.

Los doctores Grant y Coldstream prestaban mucha atención a la zoología marina, y yo solía acompañar al primero para recolectar en las charcas de marea animales que diseccionaba lo mejor que podía. También trabé amistad con algunos pescadores de Newhaven y les acompañé a veces a pescar ostras con redes de arrastre, consiguiendo así numerosos especímenes. Sin embargo, al no haber practicado la disección de manera regular y disponer tan sólo de un microscopio deplorable, mis intentos resultaron muy poco satisfactorios. No obstante, hice un pequeño descubrimiento interesante y leí, a comienzos del año 1826, una ponencia breve sobre el tema en la Plinian Society. Lo que descubrí fue que las llamadas huevas de Flustra podían moverse independientemente mediante cilios y que, en realidad, eran larvas. En otro artículo breve demostré que los corpúsculos globulares considerados supuestamente el estado juvenil de Fucus loreus eran las cápsulas del huevo de la vermiforme Pontobdella muricata.

La Plinian Society fue alentada, y creo que fundada, por el profesor Jameson: estaba formada por estudiantes, que se reunían en una habitación del sótano de la universidad para leer y debatir artículos sobre ciencias naturales. Yo solía asistir con regularidad a sus reuniones, que ejercieron un efecto beneficioso sobre mí al estimular mi dedicación y proporcionarme nuevos conocidos con quienes congenié. Una noche se puso en pie un pobre joven y tras balbucir durante un tiempo prodigiosamente largo, pronunció por fin lentamente, rojo como la grana, las siguientes palabras: «Señor presidente, he olvidado lo que iba a decir». Aquel pobre tipo parecía muy abrumado, y todos los miembros se sintieron tan sorprendidos que a ninguno se le ocurrió nada que decir para ocultar su confusión. Las ponencias que se leían ante nuestra pequeña sociedad no se llevaban a la imprenta, por lo que no tuve la satisfacción de ver editado mi artículo; pero creo que el Dr. Grant mencionó mi pequeño descubrimiento en su excelente memoria sobre Flustra.

También fui miembro de la Royal Medical Society y asistí a sus reuniones con bastante regularidad; pero como los temas eran exclusivamente médicos no me interesé mucho por ellos. En aquella sociedad se exponían numerosas tonterías, pero contaba con algunos buenos conferenciantes, el mejor de los cuales era el actual sir J. Kay Shuttleworth. El Dr. Grant me llevó en alguna ocasión a las reuniones de la Wernerian Society, donde se leían y debatían diversas ponencias sobre historia natural, que luego eran publicadas en sus Transactions. Allí escuché a Audubon pronunciar algunos discursos interesantes sobre los hábitos de las aves norteamericanas, y burlarse un tanto injustamente de Waterton. En Edimburgo vivía, por cierto, un negro que había viajado con éste y se ganaba la vida disecando aves, cosa que hacía excelentemente; aquel hombre me dio lecciones pagadas y yo solía ir a visitarle, pues era una persona muy agradable e inteligente.

El Sr. Leonard Horner me llevó también una vez a una reunión de la Royal Society de Edimburgo, donde vi a sir Walter Scott, que ocupó la silla presidencial y se excusó por no considerarse idóneo para aquel puesto. Contemplé con respeto y reverencia a él y toda la escena, y pienso que aquella visita, realizada en mi juventud, y el hecho de haber asistido a la Royal Medical Society fueron la causa de que mi elección como miembro honorario de ambas sociedades hace unos pocos años me pareciera una distinción superior a cualquier otra similar. Si en aquel momento me hubiesen dicho que algún día se me concedería tal honor, confieso que lo habría considerado tan ridículo e improbable como si me hubiesen comentado que iba a ser elegido rey de Inglaterra.

Durante mi segundo año en Edimburgo asistí a las clases de Jameson sobre geología y zoología, pero eran increíblemente aburridas. El único efecto que me causaron fue la determinación de no leer en toda mi vida un libro de geología ni estudiar de ninguna manera aquella ciencia. Sin embargo, me sentía seguro de estar preparado para abordar el tema de forma filosófica, pues un tal Sr. Cotton, un anciano de Shropshire que sabía mucho sobre rocas, me había señalado tres o cuatro años antes en la ciudad de Shrewsbury un bloque errático llamado la «piedra campana»; según me dijo, no había ninguna otra roca del mismo tipo en una región más próxima que Cumberland o Escocia, y me aseguró solemnemente que el mundo acabaría antes de que nadie fuera capaz de explicar cómo había llegado aquella piedra hasta el lugar donde se encontraba ahora. Aquello me produjo una profunda impresión y me hizo meditar sobre la fantástica piedra, por lo que me sentí encantado cuando leí por primera vez acerca de la acción de los icebergs en el transporte de bloques rocosos y me alegré por los progresos de la geología. Un hecho igualmente llamativo es que, aunque sólo tengo 67 años, escuché al profesor Jameson discursear, en una clase de campo impartida en los Salisbury Craigs, sobre un dique intrusivo con márgenes amigdaloides y los estratos solidificados a ambos lados —mientras estábamos rodeados de rocas volcánicas— y decir que se trataba de una fisura rellenada con sedimentos desde arriba, añadiendo en tono desdeñoso que había quienes mantenían que los sedimentos habían sido inyectados desde abajo en estado fundido. Cuando pienso en aquella lección, no me extraña haber decidido no asistir nunca a clases de geología.

La asistencia a las clases de Jameson me llevó a conocer al cuidador del museo, el Sr. Macgillivray, que publicó más tarde un libro voluminoso y excelente sobre las aves de Escocia. Su aspecto y sus modales no eran, ni mucho menos, los de un caballero. Mantuve con él conversaciones muy interesantes sobre historia natural y él se mostró muy amable conmigo. Macgillivray me dio algunas conchas raras, pues por aquel entonces me dedicaba a coleccionar moluscos marinos, aunque sin mucho empeño.

Aquellos dos años dediqué totalmente mis vacaciones de verano a divertirme, aunque siempre tenía entre manos algún libro que leía con interés. Durante el verano de 1826 hice un largo recorrido a pie con dos amigos por el norte de Gales cargando con mochilas. La mayoría de los días recorríamos 48 kilómetros, y una de las jornadas ascendimos al Snowdon. También realicé con mi hermana Carolina un viaje a caballo por el norte de Gales, mientras un criado transportaba nuestra ropa en unas alforjas de su cabalgadura. Los otoños los dedicaba a la caza, sobre todo en la residencia del Sr. Owen, en Woodhose, y en la de mi tío Jos, en Maer. Mi entusiasmo era tan grande que, cuando me acostaba, solía dejar las botas de cazador abiertas junto a la cama para no perder ni medio minuto en ponérmelas por la mañana. En cierta ocasión, un 20 de agosto, llegué a una zona distante de la finca de Maer para cazar algún gallo lira antes de que amaneciera; luego, marché penosamente con el guardabosques durante toda la jornada entre un matorral espeso y jóvenes pinos silvestres. Llevaba un registro exacto de todas las aves que abatía a lo largo de la temporada. Un día, mientras cazaba en Woodhouse con el capitán Owen, el primogénito, y con el coronel Hill, su primo, más tarde lord Berwick, por quienes sentía un gran afecto, consideré que estaban abusando vergonzosamente de mí, pues cada vez que disparaba y pensaba haber matado un ave, uno de los dos hacía como si cargara su arma y gritaba: «No tienes que contar ese pájaro, pues yo he disparado al mismo tiempo», y el guardabosques, dándose cuenta de la chanza, les daba la razón. Al cabo de unas horas me explicaron la broma, que no lo fue para mí, pues había abatido una gran cantidad de aves, pero no sabía cuántas y no pude añadirlas a mi lista, que solía confeccionar haciendo un nudo en un cabo de cuerda atado a un ojal, tal como habían visto mis traviesos amigos.

¡Cómo disfrutaba cazando! Pero pienso que aquel entusiasmo debía de producirme cierta vergüenza, pues intentaba convencerme de que la caza era casi una dedicación intelectual, ya que requería una gran destreza para decidir dónde se podían encontrar más piezas y para llevar bien los perros.

Una de mis visitas otoñales a Maer, en 1827, resultó memorable por haber conocido allí a sir J. Macintosh, el mejor conversador que he escuchado nunca. Más tarde oí, con una oleada de orgullo, que había dicho: «En ese joven hay algo que me interesa». El motivo principal de aquel comentario debió de ser que se daba cuenta del gran interés con que escuchaba todo cuanto decía, pues en temas de historia, política y filosofía moral yo era más ignorante que un burro. Pienso que es bueno para los jóvenes escuchar el elogio de una persona eminente, pues, a pesar de que podría excitar su vanidad, y de hecho la excita, les ayuda a mantener el rumbo correcto.

Mis visitas a Maer durante aquellos dos años y los tres siguientes fueron un auténtico gozo, independientemente de las cacerías otoñales. La vida allí era de una libertad completa; el campo resultaba muy agradable para pasear o cabalgar; y, al caer la noche, se entablaban muchas conversaciones agradables, no tan personales como las que se suelen oír en las grandes reuniones familiares, acompañadas de música. En verano, toda la familia se sentaba a menudo en los peldaños del viejo pórtico, con el jardín enfrente y las orillas empinadas y boscosas al otro lado de la casa reflejadas en el lago, mientras de vez en cuando saltaba un pez o chapoteaba un ave acuática. Nada ha dejado en mi mente una imagen más vívida que aquellos atardeceres en Maer. Además, estaba muy unido a mi tío Jos, por quien sentía un gran respeto: era silencioso y reservado, hasta el punto de resultar imponente; pero a veces conversaba conmigo abiertamente. Era la personificación del hombre recto y de juicio clarísimo. No creo que ningún poder terrenal fuese capaz de hacerle desviarse ni una pulgada de lo que consideraba el rumbo correcto. En mis pensamientos, solía aplicarle la conocida oda de Horacio, ahora olvidada por mí, en la que aparecen las palabras: nec vultus tyranni, etcétera.

CAMBRIDGE, 1828-1831

Tras haber realizado dos cursos en Edimburgo, mi padre se dio cuenta, u oyó decir a mis hermanas, que no me gustaba la idea de ser médico, por lo que me propuso el estado clerical. Se oponía con total vehemencia a que me convirtiera en un señorito ocioso, condición que parecía mi destino más probable. Pedí algún tiempo para reflexionar, pues por lo poco que había oído y pensado sobre el asunto, tenía escrúpulos para confesar que creía en todos los dogmas de la Iglesia de Inglaterra; aunque, por lo demás, me agradaba la idea de ser un clérigo rural. En consecuencia, leí atentamente la obra de Pearson On the Creed [Sobre el credo] y unos pocos libros más de teología; y como entonces no abrigaba la menor duda sobre la verdad estricta y literal de cada palabra de la Biblia, no tardé en convencerme de que nuestro credo debía ser aceptado plenamente. Nunca se me ocurrió pensar lo ilógico que era decir que creía en algo que no podía entender y que, de hecho, es ininteligible. Podría haber dicho con total verdad que no tenía deseos de discutir ningún dogma; pero nunca fui tan necio como para sentir y decir: Credo, quia incredibile [creo porque es increíble].

Habida cuenta de la ferocidad con que he sido atacado por los ortodoxos, parece ridículo que en cierto momento tuviera la intención de hacerme clérigo. Por lo demás, esa intención y el deseo de mi padre no fueron abandonados nunca formalmente, sino que fallecieron de muerte natural cuando dejé Cambridge y me embarqué en el Beagle como naturalista. Si se puede confiar en los frenólogos, yo era idóneo en cierto sentido para ser clérigo. Hace unos años, los secretarios de una sociedad psicológica alemana me pidieron con toda seriedad por carta una fotografía; y algún tiempo después recibí las actas de una de sus reuniones en la cual se había debatido, al parecer, públicamente sobre la forma de mi cabeza, y uno de los ponentes había declarado que tenía la protuberancia de la reverencia suficientemente desarrollada como para diez sacerdotes.

Puesto que se había decidido que debía ser clérigo, era necesario que me matriculara en una de las universidades inglesas y obtuviera una licenciatura; pero como, tras dejar el colegio, no había abierto un libro sobre el mundo clásico, descubrí para mi consternación que en los dos años transcurridos desde entonces había olvidado, en realidad, casi todo lo aprendido, por más increíble que pueda parecer, excepto unas pocas letras del alfabeto griego. Por tanto, no me presenté en Cambridge en la fecha habitual de octubre, sino que trabajé con un profesor particular en Shrewsbury y marché allí tras las vacaciones de Navidad, a comienzos de 1828. Pronto recuperé mi nivel de conocimientos del colegio y pude traducir con relativa facilidad libros griegos sencillos, como las obras de Homero y el Nuevo Testamento.

Durante los tres años que pasé en Cambridge, perdí el tiempo, en lo que respecta a los estudios académicos, tan completamente como en Edimburgo y en el colegio. Probé con las matemáticas, y durante el verano de 1828 fui a Barmouth a recibir clases de un profesor particular (un hombre muy aburrido), pero progresé con mucha lentitud. El trabajo me resultaba repugnante, sobre todo porque no era capaz de descubrir ningún sentido en las primeras fases del álgebra. Aquella impaciencia constituía una gran necedad, y en años posteriores he lamentado profundamente no haber ido lo bastante lejos como para entender, al menos, algo de los grandes principios rectores de las matemáticas, pues las personas que poseen ese talento parecen estar dotadas de un sentido adicional. Sin embargo, no creo que pudiese haber ido más allá de un nivel muy bajo. En cuanto a los clásicos, lo único que hice fue asistir a unas pocas clases obligatorias en la universidad, asistencia que fue casi meramente nominal. En el segundo curso, tuve que trabajar un mes o dos para aprobar el Little Go [título a mitad de la carrera], cosa que logré con facilidad. En mi último año volví a trabajar con cierta seriedad para mi examen final de licenciatura y repasé los clásicos, además de un poco de álgebra y del sistema de Euclides, que me proporcionó un gran placer, como me había ocurrido en el colegio. Para aprobar el examen de licenciatura era también necesario conocer las obras de Paley Evidences of Christianity [Las pruebas del cristianismo] y Moral Philosophy [Filosofía moral]. Lo hice con meticulosidad, y estoy convencido de que podía haber puesto por escrito la totalidad de las Evidences con absoluta corrección, aunque no, por supuesto, con el claro lenguaje de su autor. La lógica de este libro y también, quizá, la de la Natural Theology del mismo Paley me causaron tanto placer como Euclides. El estudio cuidadoso de esas obras, sin intentar memorizar ninguna de sus partes, fue el único elemento de la carrera académica que me sirvió mínimamente para educar mi pensamiento, según me pareció entonces y sigo creyendo todavía. Por aquel entonces no me preocupaban las premisas de Paley; y como las aceptaba sin crítica, su línea argumental me encantó y me convenció. Como respondí bien a las preguntas del examen sobre Paley, formulé correctamente la teoría euclidiana y no fallé miserablemente en los clásicos, obtuve un buen puesto entre hoi polloí, la multitud de las personas que no optan a matrícula. Curiosamente, no puedo recordar en qué posición me situé, y mi memoria fluctúa entre el quinto, el décimo o el duodécimo nombre de la lista.

En la universidad se impartían clases públicas sobre varias materias y la asistencia era voluntaria, pero me sentía tan asqueado por las de Edimburgo que no asistí ni siquiera a las clases elocuentes e interesantes de Sedgwick. De haberlo hecho, habría llegado a ser un geólogo antes de lo que tardé en serlo. No obstante, asistí a las de Henslow sobre botánica y me gustaron mucho por su extraordinaria claridad y sus admirables ejemplos; pero no estudié botánica. Henslow solía llevar a sus alumnos, incluidos algunos de los miembros más antiguos de la universidad, a excursiones de campo, a pie o en coches de caballos, hasta lugares distantes, o a bordo de gabarras río abajo, y daba clases sobre plantas o animales raros observados durante las salidas. Aquellas excursiones eran una delicia.

Aunque, según veremos ahora, hubo algunos aspectos satisfactorios en mi vida en Cambridge, los cursos que pasé allí fueron un tiempo lamentablemente perdido, y más que perdido. Debido a mi pasión por la caza con armas y perros, y, cuando me faltaba ésta, por recorrer el campo a caballo, formé parte de un grupo de deportistas entre los que había algunos jóvenes vulgares y disipados. Solíamos cenar juntos, aunque en aquellas cenas participaban a menudo hombres de calidad superior, y a veces bebíamos demasiado en medio de alegres canciones y partidas de cartas que organizábamos a continuación. Sé que debería sentirme avergonzado de los días y noches perdidos de aquel modo, pero como algunos de mis amigos eran muy agradables y todos nos encontrábamos del mejor humor posible, no puedo evitar contemplar retrospectivamente aquellos tiempos con gran placer.

No obstante, me agrada pensar que tenía muchos otros amigos de naturaleza notablemente distinta. Era íntimo de Whitley, que fue luego Senior Wrangler [el mejor calificado en el último examen de matemáticas], y dábamos continuamente largos paseos juntos. Él me inculcó el gusto por la pintura y los buenos grabados, de los que compré algunos. Solía frecuentar la Galería Fitzwilliam, y mi gusto debió de haber sido bastante bueno, pues admiraba, desde luego, los mejores cuadros, que analizaba con el anciano conservador. También leí con mucho interés el libro de sir J. Reynolds. Aunque este gusto no era connatural en mí me duró varios años, y muchos de los cuadros de la National Gallery de Londres me produjeron gran placer; el de Sebastiano del Piombo suscitaba en mí un sentimiento de sublimidad.

También formé parte de un grupo de aficionados a la música, creo que gracias a mi afectuoso amigo Herbert, que se calificó también entre los primeros Wrangler. Al vincularme a estas personas y oírles tocar, adquirí un sólido gusto musical y solía ajustar mis paseos para llegar a tiempo de escuchar entre semana el motete de la capilla del King's College, lo cual me producía un placer tan intenso que a veces sentía un escalofrío que me recorría la espalda. Estoy seguro de que en ese gusto no había afectación ni mera imitación, pues, por lo general, solía acudir solo al King's College, y a veces contrataba a los niños del coro para que cantaran en mis habitaciones. No obstante, tengo un oído tan malo que soy incapaz de percibir una disonancia o llevar el compás y tararear correctamente una melodía, así que es un misterio cómo he podido obtener placer de la música.

Mis amigos musicales se dieron cuenta pronto de mi situación y a veces se divertían sometiéndome a un examen que consistía en determinar cuántas melodías era capaz de reconocer si se tocaban bastante más deprisa o más despacio de lo habitual. Interpretado así, el himno «God save the King» me resultaba un penoso enigma. Había otro hombre con un oído casi tan malo como el mío, y por extraño que resulte, tocaba un poco la flauta. En cierta ocasión experimenté la sensación triunfal de ganarle en uno de nuestros exámenes musicales.

Pero ninguna de mis dedicaciones en Cambridge fue, ni de lejos, objeto de tanto entusiasmo ni me procuró tanto placer como la de coleccionar escarabajos. Se trataba de la mera pasión por el coleccionismo, pues no los diseccionaba y raras veces comparaba sus caracteres externos con descripciones publicadas, pero conseguía de alguna manera darles nombre. Quisiera presentar aquí una prueba de mi dedicación: cierto día, al arrancar una corteza vieja, vi dos raros escarabajos y los cogí, uno con cada mano; luego vi un tercero de una especie distinta que no podía permitirme perder, así que me introduje en la boca el que llevaba en la derecha. Pero, ¡ay!, el insecto expulsó un fluido intensamente acre que me quemó la lengua, por lo que me vi obligado a escupir aquel escarabajo, que se perdió, lo mismo que el tercero.

Fui un coleccionista muy afortunado e inventé con éxito dos nuevos métodos; contraté a un peón para que raspara el musgo de árboles viejos y lo depositase en una bolsa de gran tamaño y para que recogiera igualmente la porquería del fondo de las barcazas donde se transporta carrizo de los pantanos. De ese modo conseguí algunas especies muy raras. Ningún poeta sintió nunca un placer tan grande ante la publicación de su primer poema como el que experimenté yo al ver en las Illustrations of British Insects de Stephen las mágicas palabras: «Capturado por C. Darwin». Mi introductor en la entomología fue mi primo segundo W. Darwin Fox, un hombre inteligente y muy agradable que estudiaba entonces en el Christ's College y con quien trabé una amistad extraordinariamente íntima. Más tarde tuve una buena relación y seguí coleccionando con Albert Way, del Trinity, que en los años siguientes llegó a ser un conocido arqueólogo; y también con H. Thompson, del mismo colegio universitario, que fue posteriormente un destacado agrónomo, presidente de una gran compañía ferroviaria y miembro del Parlamento. Parece ser que cierto gusto por coleccionar escarabajos es indicio de éxito futuro en la vida.

Me sorprende la impresión imborrable que dejaron en mi mente muchos de los escarabajos que capturé en Cambridge. Puedo recordar el aspecto externo de determinados lugares, árboles viejos y riberas donde obtuve una buena presa. El hermoso Panagæus crux major fue un tesoro en aquellos días. Estando ya aquí, en Down, vi un coleóptero que atravesaba un paseo y, al cogerlo, me di cuenta al instante de que difería ligeramente del P. crux major; resultó ser un P. quadripunctatus, que no es más que una variedad o una especie estrechamente relacionada con el anterior y que sólo se diferencia de él muy poco por su perfil. En aquellos días del pasado no vi nunca un Licinus vivo, que para los ojos no formados apenas difiere de muchos otros carábidos negros; pero mis hijos encontraron aquí un ejemplar y reconocí de inmediato que era una novedad para mí; sin embargo, hacía 20 años que no había observado un escarabajo británico.

Todavía no he mencionado una circunstancia que influyó más que cualquier otra en toda mi carrera. Se trata de mi amistad con el profesor Henslow. Antes de llegar a Cambridge había oído hablar de él a mi hermano como de alguien que conocía todas las ramas de la profesión y, por tanto, me hallaba dispuesto a reverenciarlo. Recibía una vez a la semana en su casa, donde solían reunirse por la tarde todos los estudiantes y varios miembros mayores de la universidad vinculados a la ciencia. No tardé en obtener una invitación a través de Fox y acudí allí con regularidad. En poco tiempo llegué a conocer bien a Henslow, y durante la última mitad de mi estancia en Cambridge di con él largos paseos la mayoría de los días, hasta el punto de que algunos profesores me llamaban «el hombre que pasea con Henslow»; además, al anochecer, me pedía muy a menudo que me quedara a cenar con su familia. Poseía grandes conocimientos de botánica, entomología, química, mineralogía y geología. Lo que más le gustaba era sacar conclusiones de observaciones minuciosas y prolongadas. Su juicio era excelente y tenía una mente muy equilibrada; pero supongo que nadie diría que estaba dotado de una gran genialidad original.

Era profundamente religioso, y tan ortodoxo que, cierto día, me contó que le apenaría que se modificase una sola palabra de los Treinta y Nueve Artículos. Sus cualidades morales eran admirables en todos los sentidos. Carecía de cualquier atisbo de vanidad o de algún otro sentimiento mezquino; nunca vi a nadie que atribuyera tan poca importancia a sí mismo o a sus asuntos personales. Su temperamento era de una bondad imperturbable y tenía los modales más encantadores y educados; no obstante, según pude ver, cualquier tropelía podía provocar en él la más ardiente indignación y una reacción inmediata. En cierta ocasión, mientras le acompañaba, contemplé en las calles de Cambridge una escena casi tan atroz como las que podían haberse observado durante la Revolución francesa. Se había detenido a dos profanadores de tumbas, y mientras los llevaban a prisión, una multitud de lo más violento se los arrebató al agente de la autoridad y, agarrándolos por las piernas, los arrastró por la calle empedrada y enlodada. Los cubrieron de barro de la cabeza a los pies, mientras la cara les sangraba debido a los golpes o al empedrado; parecían cadáveres, pero la muchedumbre era tan densa que sólo logré atisbar momentáneamente a aquellas desgraciadas criaturas. Nunca en mi vida he visto semejante cólera pintada en las facciones de un hombre como la que mostró Henslow ante aquella horrenda escena. Intentó repetidamente introducirse entre la turba, pero fue sencillamente imposible. A continuación, tras decirme que no le siguiera, marchó corriendo a ver al alcalde en busca de más policías. He olvidado qué ocurrió, excepto que aquellos dos hombres fueron llevados a prisión antes de que los mataran.

La benevolencia de Henslow no tenía límites, como lo demostraron sus múltiples y excelentes planes en favor de sus parroquianos pobres cuando, al cabo de los años, obtuvo la vicaría de Hitcham. Mi intimidad con aquel hombre debió de haber sido, y espero que lo fuera, una ventaja inestimable para mí. No puedo menos de mencionar un incidente trivial que demostró su amable consideración. Mientras me hallaba examinando unos granos de polen sobre una superficie húmeda, vi que los tubos eran exertos, y corrí como una exhalación a comunicarle mi sorprendente descubrimiento. Supongo que ningún otro profesor de botánica habría evitado echarse a reír al verme llegar con tanta prisa para transmitirle semejante información. Él, en cambio, reconoció que el fenómeno tenía un gran interés y me explicó su significado, pero me hizo saber con claridad que era muy conocido; así pues, me marché sin sentirme mortificado ni lo más mínimo, sino contento de haber descubierto por mí mismo un hecho tan notable, aunque decidido a no darme otra vez tanta prisa en comunicar mis descubrimientos.

El Dr. Whewell era una de las personas ancianas y distinguidas que visitaba de vez en cuando a Henslow, y en varias ocasiones volví de noche a casa caminando con él. Después de sir J. Mackintosh era el mejor conversador a quien he oído hablar de asuntos serios. Leonard Jenyns (nieto del famoso Soames Jenyns), que publicó más tarde algunos buenos ensayos sobre historia natural, se hospedaba a menudo en casa de Henslow. Al principio no me gustó debido a su manera de hablar, un tanto adusta y sarcástica; las primeras impresiones no suelen borrarse, pero yo estaba completamente equivocado y descubrí que era una persona muy afectuosa, agradable y con una gran reserva de buen humor. Lo visité en su casa parroquial en la linde de los Fens [en Swaffham Bulbeck] y di con él buenos y numerosos paseos mientras conversábamos sobre historia natural. También conocí a varias personas mayores sin grandes intereses científicos pero amigos de Henslow. Una de ellas era un escocés, hermano de sir Alexander Ramsay y tutor del Jesus College; era un hombre encantador, pero no vivió mucho. Otro fue el Sr. Dawes, más tarde deán de Hereford y famoso por su éxito en la educación de la gente pobre. Estos hombres, y otros de la misma categoría, solían emprender a veces, junto con Henslow, largas excursiones por el campo en las que se me dejaba participar y durante las cuales se mostraban sumamente agradables.

Volviendo la vista atrás, deduzco que había en mí algo superior a lo que era corriente entre los jóvenes, pues, de lo contrario, las personas que he mencionado, tan superiores a mí en edad y en posición académica, no me habrían permitido unirme a ellas. Es cierto que yo no era consciente de esa superioridad, y recuerdo que Turner, uno de mis amigos deportistas, que me vio trabajando con mis escarabajos, dijo que algún día sería miembro de la Royal Society, idea que me pareció disparatada.

Durante mi último año en Cambridge leí con atención y hondo interés el Viaje a las regiones equinocciales del Nuevo Continente de Humboldt. Esta obra y la Introduction on the Study of Natural Philosophy [Introducción al estudio de la Filosofía Natural], de sir J. Herschel, suscitaron en mí un empeño ardiente por añadir alguna aportación, aunque fuese la más modesta, a la noble estructura de la ciencia de la naturaleza. Ningún libro, ni siquiera una docena de ellos, me influyó ni de lejos tanto como esos dos. Copié de Humboldt largos pasajes sobre Tenerife y los leí en voz alta en una de las excursiones mencionadas, creo que a Henslow, Ramsay y Dawes, pues en una ocasión anterior había hablado de las maravillas de Tenerife, y algunos del grupo declararon que harían todo lo posible por ir allí; pero creo que no lo decían muy en serio. Yo, sin embargo, actuaba con total seriedad y conseguí una cita con un comerciante londinense para preguntar por algún barco; pero el plan se fue al garete debido al viaje del Beagle.

Mis vacaciones de verano las dedicaba a coleccionar escarabajos, leer algo y realizar excursiones cortas. En otoño pasaba todo el tiempo cazando, principalmente en Woodhouse y Maer, y a veces con el joven Eyton de Eyton. En conjunto, los tres años que pasé en Cambridge fueron los más dichosos de mi feliz vida, pues en aquel tiempo gozaba de una salud excelente y estaba siempre de buen humor.

Como, al comenzar mis estudios, llegué a Cambridge en Navidad, me vi obligado a quedarme dos trimestres después de mis exámenes finales, a principios de 1832. Henslow me convenció entonces para que empezara a estudiar geología. Así, al regresar a Shropshire, examiné algunos sectores y coloreé un mapa de ciertas zonas en torno a Shrewsbury. El profesor Sedgwick tenía la intención de visitar el norte de Gales a comienzos de agosto para proseguir su famosa investigación geológica de las rocas más antiguas, y Henslow le pidió que me permitiera acompañarle. En consecuencia, vino a dormir a mi casa paterna.

Una breve charla que mantuve con él aquella tarde me produjo una fuerte impresión. Mientras examinaba una vieja gravera cerca de Shrewsbury, un trabajador me dijo que había encontrado en ella una concha tropical desgastada de forma espiral, como las que pueden verse en las repisas de las chimeneas de las casas rurales; y como no quería venderla, tuve la convicción de que realmente la había encontrado en el pozo. Se lo comenté a Sedgwick, y él dijo enseguida (y, sin duda, acertadamente) que debía de haber sido arrojada allí por alguien; pero, luego, añadió que, si de verdad estaba encastrada en aquel lugar, constituiría la mayor desgracia para la geología, pues echaría por tierra todo cuanto sabíamos acerca de los depósitos superficiales de los condados de las Midlands. Aquellos lechos de grava pertenecían realmente al período glacial, y en años posteriores encontré en ellos conchas árticas rotas.

Pero me causó una absoluta estupefacción que Sedgwick no se sintiera encantado por algo tan maravilloso como el hallazgo de una concha tropical cerca de la superficie en medio de Inglaterra. A pesar de haber leído varios libros científicos, nada hasta entonces me había hecho constatar plenamente que la ciencia consiste en agrupar datos para poder deducir de ellos leyes o conclusiones generales.

A la mañana siguiente partimos hacia Llangollen, Conway, Bangor y Capel Curig. Aquel viaje sirvió, sin duda alguna, para enseñarme a comprender un poco la geología de un territorio. Sedgwick solía mandarme siguiendo una línea paralela a la suya y diciéndome que recogiera especímenes de las rocas y marcara la estratificación en un mapa. Tengo pocas dudas de que lo hacía por mí, pues yo era demasiado ignorante para haberle podido ayudar. Aquel viaje me ofreció un ejemplo llamativo de lo fácil que es pasar por alto algunos fenómenos, por más visibles que sean, si antes no han sido observados por nadie. Pasamos muchas horas en Cwm Idwal, examinando con sumo cuidado todas las rocas, pues Sedgwick estaba ansioso por encontrar fósiles en ellas; pero ninguno de los dos vio ni rastro de los maravillosos fenómenos glaciares que nos rodeaban; no nos percatamos de las rocas claramente marcadas, de los bloques colgantes, de las morrenas laterales y terminales. Sin embargo, esos fenómenos son tan notorios que, como declaré en un artículo publicado muchos años después en la Philosophical Magazine, una casa quemada no contaría su historia con mayor obviedad de como lo hacía aquel valle. Si hubiera estado cubierto todavía por un glaciar, los fenómenos habrían sido menos evidentes de lo que lo son ahora.

En Capel Curig dejé a Sedgwick y atravesé en línea recta, con brújula y mapa, las montañas que llevan a Barmouth, no siguiendo nunca una senda a menos que coincidiera con mi rumbo. De ese modo me topé con algunos lugares extrañamente salvajes y disfruté mucho con aquella manera de viajar. Visité Barmouth para ver a algunos amigos de Cambridge que daban clases allí y, luego, regresé a Shrewsbury y Maer para cazar, pues en aquel tiempo habría considerado una locura perderme los primeros días de la temporada de la perdiz por la geología o por cualquier otra ciencia.

VIAJE DEL BEAGLE, DEL 27 DE DICIEMBRE DE 1831 AL 2 DE OCTUBRE DE 1836

Al volver a casa después de mi breve excursión geológica por el norte de Gales, encontré una carta de Henslow en la que se me informaba que el capitán Fitz-Roy estaba dispuesto a ceder parte de su camarote a cualquier joven que se prestara voluntario para marchar con él, sin paga, como naturalista en el viaje del Beagle. En mi diario manuscrito ofrecí, según creo, un relato de todas las circunstancias ocurridas entonces; en este lugar diré únicamente que me sentí ansioso de inmediato por aceptar la oferta, pero mi padre se opuso enérgicamente y añadió unas palabras que fueron una suerte para mí: «Si puedes encontrar a un hombre con sentido común que te aconseje ir, te daré mi consentimiento». Así pues, aquella misma tarde escribí rechazando la oferta. A la mañana siguiente fui a Maer con el fin de hallarme preparado para el 1 de septiembre, y mientras me encontraba fuera cazando, mi tío mandó a buscarme y se ofreció a llevarme a Shrewsbury y hablar con mi padre. Como mi tío pensaba que sería razonable por mi parte aceptar aquel ofrecimiento, y dado que mi padre había mantenido siempre que era uno de los hombres más sensatos del mundo, consintió de inmediato con la mayor amabilidad. Mi vida en Cambridge había sido bastante manirrota, y para consolar a mi padre le dije que «debería ser condenadamente listo para gastar a bordo del Beagle más de lo que me permitía mi asignación»; pero él me respondió con una sonrisa: «Todo el mundo me dice que eres listísimo».

Al día siguiente marché a Cambridge para ver a Henslow, y de allí a Londres para ver a Fitz-Roy, y todo quedó arreglado enseguida. Más tarde, cuando tuve una relación muy estrecha con Fitz- Roy, oí decir que había estado a punto de ser rechazado ¡debido a la forma de mi nariz! Fitz-Roy era ferviente discípulo de Lavater y estaba convencido de que podía juzgar el carácter de una persona por el perfil de sus rasgos; y dudaba de que alguien con una nariz como la mía poseyera energía y determinación suficiente para el viaje. No obstante, pienso que, luego, se sintió muy satisfecho de que mi nariz hubiera hablado en falso.

Fitz-Roy poseía un carácter singular dotado de muchas facetas muy nobles: era un hombre entregado a su deber, generoso hasta el exceso, audaz, decidido, de una energía indomable y amigo apasionado de todo el que se hallase bajo su autoridad. Sería capaz de asumir cualquier tipo de inconveniente para dar su ayuda a quienes pensaba que la merecían. Era un hombre hermoso, de aspecto llamativamente caballeresco y modales sumamente corteses parecidos a los de su tío materno, el famoso lord Castlereagh, según me dijo nuestro embajador en Río de Janeiro. No obstante, en su apariencia externa debió de haber heredado mucho de Carlos II, pues el Dr. Wallich me dio una colección de fotografías tomadas por él y me sorprendió el parecido de una de ellas con Fitz-Roy; al fijarme en el nombre del fotografiado descubrí que se trataba de Ch. E. Sobieski Stuart, conde de Albania, descendiente ilegítimo del mismo monarca.

El temperamento de Fitz-Roy era de lo más desventurado. Así lo demostraban no sólo su apasionamiento sino sus accesos de prolongada taciturnidad con quienes le habían ofendido. Solía empeorar en las primeras horas de la mañana, y con su vista de águila era, por lo general, capaz de detectar cualquier cosa que estuviese mal en el barco, y a continuación se mostraba implacable en sus acusaciones. Cuando se turnaban antes del mediodía, los oficiales de menor rango solían preguntarse «cuánto café caliente se había servido aquella mañana», con lo que se referían al humor del capitán. Era también un tanto suspicaz y, de vez en cuando, muy depresivo, hasta el punto de rayar en la locura en cierta ocasión. A menudo me parecía que carecía de sensatez o de sentido común. Conmigo se portó con una amabilidad extrema, pero era un hombre con el cual resultaba muy difícil convivir con la intimidad derivada necesariamente del hecho de comer solos en el mismo camarote. Tuvimos varias peleas, pues, cuando perdía los estribos, era absolutamente irrazonable. Al comienzo del viaje, por ejemplo, en la localidad brasileña de Bahía, defendió y elogió la esclavitud, que a mí me parecía abominable, y me dijo que acababa de visitar a un gran propietario de esclavos que, tras convocar a muchos de ellos, les había preguntado si eran felices y deseaban ser libres, a lo que todos habían respondido con un: «No». Yo le pregunté a continuación, quizá con cierta sorna, si pensaba que las respuestas dadas por unos esclavos en presencia de su dueño tenían algún valor. Esto lo sacó de quicio, y me dijo que, si dudaba de su palabra, no podríamos seguir viviendo juntos. Pensé que se me obligaría a dejar el barco, pero en cuanto se difundió la noticia, lo cual ocurrió rápidamente, pues el capitán mandó llamar al primer teniente para calmar su furia insultándome a mí, me sentí profundamente gratificado al recibir una invitación de todos los oficiales de la sala de armas para que comiera con ellos. No obstante, al cabo de unas horas, Fitz-Roy demostró su habitual magnanimidad enviándome a un oficial con sus disculpas y una petición para que siguiera compartiendo su camarote. Recuerdo otro ejemplo de su franqueza. En Plymouth, antes de hacernos a la vela, se enfadó enormemente con un comerciante de loza que se negó a cambiarle algún artículo comprado en su tienda. El capitán preguntó al hombre por el precio de un conjunto muy caro de objetos de porcelana y le dijo: «Lo habría comprado, de no haber sido usted tan poco atento». Como sabía que el camarote estaba generosamente provisto de vajilla, dudé de que tuviera semejante intención, duda que debí de haber mostrado en la expresión de mi cara, pues no pronuncié una palabra. Al salir de la tienda, Fitz-Roy me miró y comentó: «Usted no cree lo que he dicho»; y yo me sentí obligado a admitir que así era. El capitán guardó silencio durante unos minutos y, luego, dijo: «Tiene usted razón, y he actuado mal ante ese canalla debido a mi indignación».

En la localidad chilena de Concepción, el pobre Fitz-Roy se hallaba lamentablemente abrumado de trabajo y alicaído y se quejó con amargura por tener que dar una gran fiesta a todos los habitantes del lugar. Le repliqué que no veía la necesidad de que lo hiciera en aquellas circunstancias. Entonces estalló en cólera y declaró que yo era de esa clase de personas que reciben todo tipo de favores y no corresponden a ellos. Me levanté y salí del camarote sin decir palabra y regresé a Concepción, donde me alojaba en aquel momento. Al cabo de unos días, volví al barco y fui recibido por el capitán con tanta cordialidad como siempre, pues para entonces la tormenta se había disipado por completo. Sin embargo, el primer teniente me dijo: «¡Maldita sea, filósofo! Me gustaría que no discutiera con el patrón; el día que dejó usted el barco me encontraba mortalmente cansado (se estaba reparando el barco) y el capitán me tuvo paseando por cubierta hasta media noche sin cesar de lanzar improperios contra usted». La dificultad para llevarse bien con el capitán de un barco de guerra aumenta considerablemente porque se considera casi un motín contestarle como se respondería a cualquier otra persona, y por el temor que se le tiene —o que le tenían en mis tiempos todos los que iban a bordo—. Recuerdo haber oído un ejemplo curioso de esta actitud en el caso del sobrecargo del Adventure —el barco que se hizo a la vela junto con el Beagle durante el primer viaje—. El sobrecargo se hallaba en una tienda de Río de Janeiro comprando ron para la marinería cuando entró un pequeño caballero de paisano. El sobrecargo le dijo: «¿Le importaría, señor, tener la amabilidad de probar este ron y darme su opinión acerca de él?» El caballero hizo como se le había pedido y salió enseguida de la tienda. El tendero preguntó a continuación al sobrecargo si sabía que había estado hablando con el capitán de una flota de barcos de guerra que acababa de llegar a puerto. El pobre sobrecargo se quedó sin habla horrorizado, dejó caer al suelo el vaso de licor y subió de inmediato a bordo sin que ningún argumento pudiera convencerle de volver a bajar a tierra, según me aseguró un oficial del Adventure, por temor a encontrarse con el capitán tras aquel terrible acto de familiaridad.

Tras mi vuelta a Inglaterra, sólo vi a Fitz-Roy de vez en cuando, pues temía siempre ofenderlo sin querer, como lo hice realmente en un caso casi sin posibilidad de reconciliación. Más tarde se mostró muy indignado conmigo por haber publicado un libro tan heterodoxo como El origen de las especies (pues se había vuelto muy religioso). Me temo que hacia el final de su vida se empobreció mucho, debido, en gran parte, a su generosidad. De todos modos, tras su muerte, se organizó una suscripción para pagar sus deudas. Tuvo un final triste, por suicidio, exactamente igual que su tío lord Castleragh, a quien se parecía mucho en modales y aspecto.

Su carácter fue, en varios sentidos, uno de los más nobles que he conocido, aunque empañado por graves imperfecciones.

El viaje del Beagle ha sido, con mucho, el acontecimiento más importante de mi vida y determinó toda mi carrera; sin embargo, dependió de una circunstancia tan nimia como que mi tío se brindara a llevarme en coche los 48 kilómetros que me separaban de Shrewsbury —cosa que pocos tíos habrían hecho— y de una trivialidad como la forma de mi nariz. Siempre he pensado que debo a aquel viaje mi primera formación o educación intelectual auténtica. Tuve que fijarme atentamente en varios campos de la historia natural, con lo cual mejoró mi capacidad de observación, aunque ya estaba bastante desarrollada.

La investigación de la geología de todos los lugares visitados fue mucho más importante, pues es en ella donde se pone en juego el razonamiento. Al examinar por primera vez una comarca, nada parece menos prometedor que el caos de rocas; pero al registrar la estratificación y la naturaleza de rocas y fósiles en numerosos puntos, razonando y prediciendo siempre lo que se encontrará en otros lugares, no tarda en proyectarse luz sobre el terreno, y la estructura del conjunto se vuelve más o menos inteligible. Llevé conmigo el primer volumen de los Elementos de geología de Lyell, que estudié atentamente; el libro me resultó sumamente provechoso de muchas maneras. El primer lugar que examiné, Santiago, en las islas de Cabo Verde, me mostró con claridad la maravillosa superioridad del tratamiento de la geología por parte de Lyell en comparación con cualquier otro autor cuyas obras llevaba conmigo o había leído anteriormente.

Otra de mis ocupaciones consistió en coleccionar animales de todas clases, describiendo brevemente y diseccionando muchos de los de origen marino; pero al no tener capacidad para el dibujo ni poseer suficientes conocimientos de anatomía, un gran cúmulo de manuscritos redactados durante el viaje resultaron casi inútiles. Así pues, perdí mucho tiempo, exceptuado el que dediqué a adquirir algún conocimiento sobre crustáceos, que me fue provechoso cuando, durante los años siguientes, escribí una monografía sobre los cirrípedos.

Dedicaba una parte de la jornada a redactar mi diario, y me esforcé mucho en describir con cuidado y viveza todo lo que veía, lo que constituyó una buena práctica. Mi diario sirvió también, en parte, a modo de epistolario dirigido a casa, y siempre que se me presentaba una oportunidad enviaba alguna sección a Inglaterra.

Sin embargo, los diversos estudios que acabo de mencionar carecieron de importancia comparados con el hábito adquirido entonces de una enérgica laboriosidad y una atención intensa en todo cuanto emprendía. Procuraba que cualquier cosa sobre la que pensaba o leía influyera directamente en lo que había visto o era probable que viese; y mantuve ese hábito intelectual durante los cinco años del viaje. Estoy seguro de que fue ese entrenamiento lo que me ha permitido hacer todo cuanto he llevado a cabo en ciencia.

Volviendo la vista atrás puedo percibir ahora cómo mi amor por la ciencia se impuso gradualmente a cualquier otro gusto. Durante los primeros años revivió mi antigua pasión por la caza con una fuerza casi plena, y cacé por mí mismo todas las aves y animales de mi colección; pero poco a poco fui dejando el arma a mi criado cada vez más, y al final por completo, pues la caza constituía un obstáculo para mi trabajo, sobre todo para la comprensión de la estructura geológica de un territorio. Descubrí, aunque de manera inconsciente e irreflexiva, que el placer de observar y razonar era muy superior al de las destrezas y habilidades deportivas. Los instintos primigenios del bárbaro dieron paso lentamente a los gustos adquiridos del hombre civilizado. Un comentario de mi padre, que era el observador más perspicaz y escéptico que he conocido y no creía, ni mucho menos, en la frenología, me hace pensar en la probabilidad de que mi inteligencia se desarrollara gracias a mis actividades durante el viaje. Al verme por primera vez tras mi regreso, se volvió hacia mis hermanas y exclamó: «Fijaos: la forma de su cabeza ha cambiado completamente».

Pero volvamos al viaje. El 11 de septiembre (1831) realicé con Fitz-Roy una visita fugaz al Beagle en Plymouth. De allí marché a Shrewsbury para dar un largo adiós a mi padre y mis hermanas. El 24 de octubre me instalé en Plymouth, donde permanecí hasta el 27 de diciembre, fecha en que el Beagle dejó por fin las costas de Inglaterra para efectuar su vuelta al mundo. Anteriormente habíamos intentado hacernos a la vela en dos ocasiones, pero los fuertes vientos nos hicieron volver atrás. Aquellos dos meses pasados en Plymouth fueron los más deprimentes de mi vida, aunque me dediqué a diversas ocupaciones. Me sentía muy abatido ante la idea de dejar durante tanto tiempo a mi familia y mis amigos, y las condiciones atmosféricas me parecían indeciblemente sombrías. También me inquietaban algunas palpitaciones y dolores en la zona del corazón, y como muchos jóvenes ignorantes, en especial los que tienen algún conocimiento rudimentario de medicina, estaba convencido de que sufría alguna afección cardiaca. No consulté a ningún médico pues temía, sin duda alguna, oír el veredicto de que no me hallaba en condiciones de realizar el viaje y me había decidido a correr cualquier riesgo.

No necesito referirme aquí a los sucesos del viaje —a dónde fuimos y qué hicimos—, pues he dado información suficiente en mi diario, ya publicado. El esplendor de la vegetación de los trópicos se alza hoy en mi cabeza con mayor intensidad que cualquier otra cosa, aunque la sensación de sublimidad que me producían los grandes desiertos de la Patagonia y las montañas de la Tierra del Fuego, cubiertas de bosques, ha dejado en mi mente una impresión indeleble. La visión de un salvaje desnudo en su tierra nativa es un acontecimiento que nunca se puede olvidar. Muchas de mis excursiones a caballo por territorios agrestes o en barca, algunas de las cuales duraron varias semanas, resultaron hondamente interesantes; su incomodidad y cierto grado de peligro apenas constituyeron un inconveniente en aquellos momentos y no supusieron ninguno en fechas posteriores. También pienso con gran satisfacción en algunos de mis trabajos científicos, como la resolución del problema de las islas de coral y la comprensión de la estructura geológica de otras, como, por ejemplo, la de Santa Helena. Tampoco debo pasar por alto el descubrimiento de las singulares relaciones entre los animales y plantas que poblaban las diversas islas del archipiélago de las Galápagos y las existentes entre todos ellos y los que habitaban América del Sur.

En la medida en que me es posible juzgar sobre mí mismo, trabajé hasta el límite a lo largo del viaje por el mero placer de investigar y por mi intenso deseo de añadir unos pocos hechos a la gran masa de datos de las ciencias naturales. Pero también tenía la ambición de ocupar un buen lugar entre los hombres de ciencia, aunque no puedo hacerme una idea de si esa ambición era en mí mayor o menor que en la mayoría de mis colegas.

La geología de Santiago es muy llamativa pero muy simple: en el pasado, un torrente de lava fluyó sobre el lecho marino, formado por conchas y corales recientes triturados que fueron cocidos por aquélla hasta formar una roca dura y blanca. Toda la isla se ha elevado desde entonces. Pero la línea de roca blanca me reveló un dato nuevo e importante: que en torno a los cráteres, que habían seguido activos desde entonces y habían vertido lava, se había producido posteriormente una subsidencia. Fue entonces cuando caí en la cuenta por primera vez de que, quizá, podía escribir un libro sobre la geología de los diversos países visitados por mí, lo que me hizo estremecerme de placer. Para mí fue una hora memorable, y puedo recordar nítidamente el acantilado de lava de poca altura bajo el cual descansaba, con el Sol brillante y candente, unas pocas plantas raras del desierto que crecían cerca y los corales vivos en las charcas de marea a mis pies. En un momento posterior del viaje, Fitz-Roy me pidió que le dejara leer alguna sección de mi diario y dijo que merecería la pena publicarlo; así pues, ¡tenía un segundo libro en perspectiva!

Hacia el final de nuestro viaje, mientras me hallaba en Ascensión, recibí una carta en la que mis hermanas me contaban que Sedgwick había ido a visitar a mi padre y le había dicho que yo ocuparía un lugar entre los científicos más destacados. En aquel momento no comprendí cómo podía haber sabido nada acerca de mis actividades, pero (más tarde, según creo) oí decir que Henslow había leído ante la Philosophical Society de Cambridge algunas de las cartas que le escribí y las había hecho imprimir para distribuirlas en privado. Mi colección de huesos fósiles, que había sido enviada a Henslow, suscitó también una atención considerable entre los paleontólogos. Tras leer aquella carta, trepé a saltos a las montañas de Ascensión e hice que las rocas volcánicas resonaran bajo los golpes de mi martillo de geólogo. Todo ello demuestra lo ambicioso que era; pienso, no obstante, que, sin faltar a la verdad, puedo afirmar que en los años siguientes, aunque sentí el máximo interés por obtener la aprobación de personas como Lyell y Hooker, que eran amigos míos, no me preocupó gran cosa el público en general. No quiero decir que una crítica favorable o una buena venta de mis libros no me agradara considerablemente; pero este placer era fugaz, y estoy seguro de que nunca me desvié ni una pulgada de mi rumbo movido por la idea de hacerme famoso.

DESDE MI REGRESO A INGLATERRA, EL 2 DE OCTUBRE DE 1836, HASTA MI MATRIMONIO, EL 29 DE ENERO DE 1839

Estos dos años y tres meses fueron los más activos de mi vida, aunque de vez en cuando no me sentía bien y perdí, por tanto, algo de tiempo. Tras varias idas y venidas entre Shrewsbury, Maer, Cambridge y Londres, el 13 de diciembre me instalé en una pensión de Cambridge, donde se hallaban todas mis colecciones al cuidado de Henslow. Permanecí allí tres meses e hice examinar mis minerales y rocas con la ayuda del profesor Miller.

Comencé a preparar mi diario de viajes, lo cual no me supuso un trabajo duro, pues había escrito cuidadosamente mi diario manuscrito, y la principal labor consistió en realizar una síntesis de los resultados científicos más interesantes obtenidos por mí. También envié a la Geological Society, a petición de Lyell, un breve informe de mis observaciones sobre la elevación de la costa de Chile.

El 7 de marzo de 1837 me instalé en Londres, en una pensión de la calle Great Marlborough, donde permanecí casi dos años hasta mi matrimonio. Durante aquel período concluí mi diario, leí varios artículos ante la Geological Society, comencé a preparar el manuscrito de mis Observaciones geológicas y di los pasos necesarios para la publicación de Zoología del viaje del Beagle. En julio abrí mi primer cuaderno de notas en busca de datos relacionados con El origen de las especies, asunto sobre el cual llevaba mucho tiempo reflexionando y en el que no dejé de trabajar durante los siguientes 20 años.

Aquellos dos años hice un poco de vida social y ocupé uno de los puestos de honorable secretario de la Geological Society. Vi mucho a Lyell. Una de sus características principales era su apoyo al trabajo de los demás; y me sorprendió y encantó el interés mostrado por él cuando, a mi vuelta a Inglaterra, le expliqué mis opiniones sobre los arrecifes coralinos. Esto me animó considerablemente, y su consejo y ejemplo ejercieron una gran influencia sobre mí. Durante ese tiempo vi también bastante a Robert Brown, facile princeps botanicorum [sin duda, el principal botánico]. Solía ir a visitarle y acompañarle los domingos por la mañana durante el desayuno, mientras él vertía un cúmulo de observaciones curiosas y comentarios agudos, que, no obstante, se referían casi siempre a asuntos de mínima importancia, mientras que nunca discutía conmigo cuestiones científicas generales y de gran alcance.

Durante aquellos dos años realicé varias excursiones cortas para relajarme y una más larga a las carreteras paralelas de Glen Roy, cuyo informe fue publicado en las Philosophical Transactions. Aquel artículo constituyó un gran fallo del que me avergoncé. Tras haberme sentido profundamente impresionado por lo que había visto sobre la elevación del suelo en Sudamérica, atribuí las líneas paralelas a la acción del mar; pero tuve que abandonar esa opinión cuando Agassiz propuso su teoría del lago glaciar. Como no había otra explicación posible en el estado en que se hallaban entonces nuestros conocimientos, abogué por la acción del mar; y mi error ha sido para mí una buena lección para no confiar nunca en la ciencia hasta el punto de adoptar principios excluyentes.

Como no era capaz de trabajar todo el día en temas científicos, leí mucho durante aquellos dos años sobre asuntos diversos, incluidos algunos libros de metafísica, pero no estaba en absoluto capacitado para esa clase de estudios. Por aquellas fechas disfruté mucho con la poesía de Wordsworth y Coleridge y puedo ufanarme de haber leído dos veces La Excursión de principio a fin. Hasta entonces mi poema favorito había sido El paraíso perdido de Milton, y en las salidas que realicé durante el viaje del Beagle elegía siempre a Milton cuando sólo podía llevarme un libro pequeño.

Creencias religiosas

Durante aquellos dos años me vi inducido a pensar mucho en la religión. Mientras me hallaba a bordo del Beagle fui completamente ortodoxo, y recuerdo que varios oficiales (a pesar de que también lo eran) se reían con ganas de mí por citar la Biblia como autoridad indiscutible sobre algunos puntos de moralidad. Supongo que lo que los divertía era lo novedoso de la argumentación. Pero, por aquel entonces, fui dándome cuenta poco a poco de que el Antiguo Testamento, debido a su versión manifiestamente falsa de la historia del mundo, con su Torre de Babel, el arco iris como signo, etc., etc., y al hecho de atribuir a Dios los sentimientos de un tirano vengativo, no era más de fiar que los libros sagrados de los hindúes o las creencias de cualquier bárbaro. En aquel tiempo se me planteaba continuamente la siguiente cuestión, de la que era incapaz de desentenderme: ¿resulta creíble que Dios, si se dispusiera a revelarse ahora a los hindúes, fuese a permitir que se le vinculara a la creencia en Vishnú, Shiva, etc., de la misma manera que el cristianismo está ligado al Antiguo Testamento? Semejante proposición me parecía absolutamente imposible de creer.

Al reflexionar, además, en la necesidad de las pruebas más claras para hacer que una persona sensata crea en los milagros apoyados por el cristianismo, en que cuanto más sabemos acerca de las leyes fijas de la naturaleza más increíbles resultan éstos, en que los seres humanos de aquellas épocas eran ignorantes y crédulos hasta un grado casi incomprensible para nosotros, en que no se puede demostrar que los Evangelios fueran escritos al mismo tiempo que los sucesos narrados, que difieren entre sí en muchos detalles importantes —demasiado importantes, según me parecía, como para ser admitidos como las habituales inexactitudes de testigos oculares—, al hacerme esa clase de reflexiones, que no expongo porque tuviesen la menor novedad o valor sino porque influyeron en mí, acabé gradualmente por no creer en el cristianismo como revelación divina. El hecho de que muchas religiones falsas se hayan difundido por extensas partes de la Tierra como un fuego sin control tuvo cierto peso sobre mí. Por más hermosa que sea la moralidad del Nuevo Testamento, apenas puede negarse que su perfección depende en parte de la interpretación que hacemos ahora de sus metáforas y alegorías.

No obstante, era muy reacio a abandonar mis creencias. Y estoy seguro de ello porque puedo recordar muy bien que no dejaba de inventar una y otra vez sueños en estado de vigilia sobre antiguas cartas cruzadas entre romanos distinguidos y sobre el descubrimiento de manuscritos, en Pompeya o en cualquier otro lugar, que confirmaran de la manera más llamativa todo cuanto aparecía escrito en los Evangelios. Pero, a pesar de dar rienda suelta a mi imaginación, cada vez me resultaba más difícil inventar pruebas capaces de convencerme. Así, la incredulidad se fue introduciendo subrepticiamente en mí a un ritmo muy lento, pero, al final, acabó siendo total. El ritmo era tan lento que no sentí ninguna angustia, y desde entonces no dudé nunca ni un solo segundo de que mi conclusión era correcta. De hecho, me resulta difícil comprender que alguien deba desear que el cristianismo sea verdad, pues, de ser así, el lenguaje liso y llano de la Biblia parece mostrar que las personas que no creen —y entre ellas se incluiría a mi padre, mi hermano y casi todos mis mejores amigos— recibirán un castigo eterno.

Y ésa es una doctrina detestable.

Aunque no pensé mucho en la existencia de un Dios personal hasta un período de mi vida bastante tardío, quiero ofrecer aquí las vagas conclusiones a las que he llegado. El antiguo argumento del diseño en la naturaleza, tal como lo expone Paley y que anteriormente me parecía tan concluyente, falla tras el descubrimiento de la ley de la selección natural. Ya no podemos sostener, por ejemplo, que el hermoso gozne de una concha bivalva deba haber sido producido por un ser inteligente, como la bisagra de una puerta por un ser humano. En la variabilidad de los seres orgánicos y en los efectos de la selección natural no parece haber más designio que en la dirección en que sopla el viento. Todo cuanto existe en la naturaleza es resultado de leyes fijas. Pero éste es un tema que ya he debatido al final de mi libro sobre La variación en animales y plantas domésticos, y, hasta donde yo sé, los argumentos propuestos allí no han sido refutados nunca.

Pero, más allá de las adaptaciones infinitamente bellas con que nos topamos por todas partes, podríamos preguntarnos cómo se puede explicar la disposición generalmente beneficiosa del mundo. Algunos autores se sienten realmente tan impresionados por la cantidad de sufrimiento existente en él, que dudan —al contemplar a todos los seres sensibles— de si es mayor la desgracia o la felicidad, de si el mundo en conjunto es bueno o malo. Según mi criterio, la felicidad prevalece de manera clara, aunque se trata de algo muy difícil de demostrar. Si admitimos la verdad de esta conclusión, reconoceremos que armoniza bien con los efectos que podemos esperar de la selección natural. Si todos los individuos de cualquier especie hubiesen de sufrir hasta un grado extremo, dejarían de propagarse; pero no tenemos razones para creer que esto haya ocurrido siempre, y ni siquiera a menudo. Además, otras consideraciones nos llevan a creer que, en general, todos los seres sensibles han sido formados para gozar de la felicidad.

Cualquiera que crea, como creo yo, que todos los órganos corporales o mentales de todos los seres (excepto los que no suponen ni una ventaja ni una desventaja para su poseedor) se han desarrollado por selección natural o supervivencia del más apto, junto con el uso o el hábito, admitirá que dichos órganos han sido formados para que quien los posee pueda competir con éxito con otros seres y crecer así en número. Ahora bien, un animal puede ser inducido a seguir el rumbo más beneficioso para su especie mediante padecimientos como el dolor, el hambre, la sed o el miedo, o mediante placeres como el de la comida y la bebida y el de la propagación de su especie, etc., o por ambos medios combinados, como ocurre en el caso de la búsqueda de alimentos. Pero, si se prolonga durante mucho tiempo, cualquier tipo de dolor o sufrimiento causa depresión y reduce la capacidad de acción; no obstante, es muy apropiado para hacer que una criatura se prevenga contra cualquier mal grande o repentino. Por otra parte, las sensaciones placenteras pueden prolongarse durante mucho tiempo sin un efecto depresivo; al contrario, incitan a la totalidad del sistema a incrementar su actividad. Así es como ha podido ocurrir que la mayoría o todos los seres sensibles hayan evolucionado de ese modo por medio de la selección natural, y que las sensaciones placenteras les hayan servido de guías naturales. Lo vemos en el placer derivado del esfuerzo, a veces, incluso, de un gran esfuerzo físico o mental —en el placer que nos causan nuestras comidas diarias y, en especial, en el obtenido de la sociabilidad y del amor a nuestras familias—. La suma de esa clase de placeres, que son habituales u ocurren a menudo, proporciona a la mayoría de los seres sensibles un grado de dichas superior a las desgracias —cosa de la que apenas puedo dudar—, aunque su sufrimiento pueda a veces ser grande. Este sufrimiento es perfectamente compatible con la creencia en la selección natural, que no actúa de manera perfecta pero tiende exclusivamente a proporcionar a cada una de las especies el mayor éxito posible en sus combates por la vida entablados con otras especies en unas circunstancias maravillosamente complejas y cambiantes.

Nadie discute que en el mundo hay mucho sufrimiento. Por lo que respecta al ser humano, algunos han intentado explicar esta circunstancia imaginando que contribuye a su perfeccionamiento moral. Pero el número de personas en el mundo no es nada comparado con el de los demás seres sensibles, que sufren a menudo considerablemente sin experimentar ninguna mejora moral. Para nuestra mente, un ser tan poderoso y tan lleno de conocimiento como un Dios que fue capaz de haber creado el universo es omnipotente y omnisciente, y suponer que su benevolencia no es ilimitada repugna a nuestra comprensión, pues, ¿qué ventaja podría haber en los sufrimientos de millones de animales inferiores durante un tiempo casi infinito? Este antiquísimo argumento contra la existencia de una causa primera inteligente, derivado de la existencia del sufrimiento, me parece sólido; mientras que, como acabo de señalar, la presencia de una gran cantidad de sufrimiento concuerda bien con la opinión de que todos los seres orgánicos han evolucionado mediante variación y selección natural.

En el momento actual, el argumento más común en favor de la existencia de un Dios inteligente deriva de la honda convicción interior y de los profundos sentimientos experimentados por la mayoría de la gente. Pero no se puede dudar de que los hindúes, los mahometanos y otros más podrían razonar de la misma manera y con igual fuerza en favor de la existencia de un Dios, de muchos dioses, o de ninguno, como hacen los budistas. También hay muchas tribus bárbaras de las que no se puede decir con verdad que crean en lo que nosotros llamamos Dios: creen, desde luego, en espíritus o espectros, y es posible explicar, como lo han demostrado Tylor y Herbert Spencer, de qué modo pudo haber surgido esa creencia.

Anteriormente me sentí impulsado por sensaciones como las que acabo de mencionar (aunque no creo que el sentimiento religioso estuviera nunca fuertemente desarrollado en mí) a sentirme plenamente convencido de la existencia de Dios y de la inmortalidad del alma. En mi diario escribí que, en medio de la grandiosidad de una selva brasileña, «no es posible transmitir una idea adecuada de los altos sentimientos de asombro, admiración y devoción que llenan y elevan la mente». Recuerdo bien mi convicción de que en el ser humano hay algo más que la mera respiración de su cuerpo. Pero, ahora, las escenas más grandiosas no conseguirían hacer surgir en mi pensamiento ninguna de esas convicciones y sentimientos. Se podría decir acertadamente que soy como un hombre afectado de daltonismo, y que la creencia universal de la gente en la existencia del color rojo hace que mi actual pérdida de percepción no posea la menor validez como prueba. Este argumento sería válido si todas las personas de todas las razas tuvieran la misma convicción profunda sobre la existencia de un solo Dios; pero sabemos que no es así, ni mucho menos. Por tanto, no consigo ver que tales convicciones y sentimientos íntimos posean ningún peso como prueba de lo que realmente existe. El estado mental provocado en mí en el pasado por las escenas grandiosas difiere de manera esencial de lo que suele calificarse de sentimiento de sublimidad; y por más difícil que sea explicar la génesis de ese sentimiento, apenas sirve como argumento en favor de la existencia de Dios, como tampoco sirven los sentimientos similares, poderosos pero imprecisos, suscitados por la música.

Respecto a la inmortalidad, nada me demuestra tanto lo fuerte y casi instintiva que es esa creencia como la consideración del punto de vista mantenido ahora por la mayoría de los físicos de que el Sol, junto con todos los planetas, acabará enfriándose demasiado como para sustentar la vida, a menos que algún cuerpo de gran magnitud se precipite sobre él y le proporcione vida nueva. Para quien crea, como yo, que el ser humano será en un futuro distante una criatura más perfecta de lo que lo es en la actualidad, resulta una idea insoportable que él y todos los seres sensibles estén condenados a una aniquilación total tras un progreso tan lento y prolongado. La destrucción de nuestro mundo no será tan temible para quienes admiten plenamente la inmortalidad del alma.

Para convencerse de la existencia de Dios hay otro motivo vinculado a la razón y no a los sentimientos y que tiene para mí mucho más peso. Deriva de la extrema dificultad, o más bien imposibilidad, de concebir este universo inmenso y maravilloso —incluido el ser humano con su capacidad para dirigir su mirada hacia un pasado y un futuro distantes— como resultado de la casualidad o la necesidad ciegas. Al reflexionar así, me siento impulsado a buscar una Primera Causa que posea una mente inteligente análoga en algún grado a la de las personas; y merezco que se me califique de teísta.

Hasta donde puedo recordar, esta conclusión se hallaba sólidamente instalada en mi mente en el momento en que escribí El origen de las especies; desde entonces se ha ido debilitando gradualmente, con muchas fluctuaciones. Pero luego surge una nueva duda: ¿se puede confiar en la mente humana, que, según creo con absoluta convicción, se ha desarrollado a partir de otra tan baja como la que posee el animal más inferior, cuando extrae conclusiones tan grandiosas? ¿No serán, quizá, éstas el resultado de una conexión entre causa y efecto, que, aunque nos da la impresión de ser necesaria, depende probablemente de una experiencia heredada? No debemos pasar por alto la probabilidad de que la introducción constante de la creencia en Dios en las mentes de los niños produzca ese efecto tan fuerte y, tal vez, heredado en su cerebro cuando todavía no está plenamente desarrollado, de modo que deshacerse de su creencia en Dios les resultaría tan difícil como para un mono desprenderse de su temor y odio instintivos a las serpientes.

No pretendo proyectar la menor luz sobre problemas tan abstrusos. El misterio del comienzo de todas las cosas nos resulta insoluble; en cuanto a mí, deberé contentarme con seguir siendo un agnóstico.

La persona que no crea de manera segura y constante en la existencia de un Dios personal o en una existencia futura con castigos y recompensas puede tener como regla de vida, hasta donde a mí se me ocurre, la norma de seguir únicamente sus impulsos e instintos más fuertes o los que le parezcan los mejores. Así es como actúan los perros, pero lo hacen a ciegas. El ser humano, en cambio, mira al futuro y al pasado y compara sus diversos sentimientos, deseos y recuerdos. Luego, de acuerdo con el veredicto de las personas más sabias, halla su suprema satisfacción en seguir unos impulsos determinados, a saber, los instintos sociales. Si actúa por el bien de los demás, recibirá la aprobación de sus prójimos y conseguirá el amor de aquellos con quienes convive; éste último beneficio es, sin duda, el placer supremo en esta Tierra. Poco a poco le resultará insoportable obedecer a sus pasiones sensuales y no a sus impulsos más elevados, que cuando se hacen habituales pueden calificarse casi de instintos. Su razón podrá decirle en algún momento que actúe en contra de la opinión de los demás, en cuyo caso no recibirá su aprobación; pero, aun así, tendrá la sólida satisfacción de saber que ha seguido su guía más íntima o conciencia. En cuanto a mí, creo que he actuado de forma correcta al marchar constantemente tras la ciencia y dedicarle mi vida. No siento el remordimiento de haber cometido ningún gran pecado, aunque he lamentado a menudo no haber hecho el bien más directamente a las demás criaturas. Mi única y pobre excusa es mi frecuente mala salud y mi constitución mental, que hace que me resulte extremadamente difícil pasar de un asunto u ocupación a otros. Puedo imaginar con gran satisfacción que dedico a la filantropía todo mi tiempo, pero no una parte del mismo, aunque habría sido mucho mejor haberme comportado de ese modo.

Nada hay más importante que la difusión del escepticismo o el racionalismo durante la segunda mitad de mi vida. Antes de prometerme en matrimonio, mi padre me aconsejó que ocultara cuidadosamente mis dudas, pues, según me dijo, sabía que provocaban un sufrimiento extremo entre la gente casada. Las cosas marchaban bastante bien hasta que la mujer o el marido perdían la salud, momento en el cual ellas sufrían atrozmente al dudar de la salvación de sus esposos, haciéndoles así sufrir a éstos igualmente. Mi padre añadió que, durante su larga vida, sólo había conocido a tres mujeres escépticas; y debemos recordar que conocía bien a una multitud de personas y poseía una extraordinaria capacidad para ganarse su confianza. Cuando le pregunté quiénes eran aquellas tres mujeres, tuvo que admitir que, respecto a una de ellas, su cuñada Kitty Wedgwood, sólo tenía indicios sumamente vagos, sustentados por la convicción de que una mujer tan lúcida no podía ser creyente. En el momento actual, con mi reducido número de relaciones, sé (o he sabido) de varias señoras casadas que creen un poco menos que sus maridos. Mi padre solía citar un argumento irrebatible con el que una vieja dama como la Sra. Barlow, que abrigaba sospechas acerca de su heterodoxia, esperaba convertirlo: «Doctor, sé que el azúcar me resulta dulce en la boca, y sé que mi Redentor vive».

DESDE MI MATRIMONIO, EL 29 DE ENERO DE 1839, FECHA EN QUE FIJAMOS NUESTRA RESIDENCIA EN LA CALLE UPPER GOWN, HASTA QUE DEJAMOS LONDRES Y NOS INSTALAMOS EN DOWN, EL 14 DE SEPTIEMBRE DE 1842

Hijos míos, todos conocéis bien a vuestra madre y sabéis lo buena que ha sido siempre con todos vosotros. También ha sido mi máxima bendición, y puedo declarar que jamás en mi vida le he oído pronunciar una palabra que hubiese preferido no escuchar. Nunca ha dejado de mostrarme el afecto más entrañable y ha soportado con suma paciencia mis frecuentes quejas por mi mala salud y mis molestias. No creo que haya perdido nunca la ocasión de hacer el bien a todos cuantos se encontraban cerca de ella. Me maravilla la buena suerte de que, siendo tan infinitamente superior a mí en cualquier cualidad moral, consintiera en ser mi esposa. Ha sido mi sabia consejera y alegre consuelo a lo largo de toda mi vida, que, sin ella, habría sido una desdicha durante un período muy prolongado debido a mi mala salud. Y se ha ganado el amor y la admiración de todo aquel que se hallaba a su lado.

(Ver la hermosa carta que me dirigió poco después de nuestro matrimonio, y que conservo).

He sido, sin duda, muy feliz en mi familia, y debo deciros, hijos míos, que ninguno de vosotros me ha causado ni un minuto de ansiedad, excepto en el terreno de la salud. Sospecho que hay pocos padres de cinco hijos que puedan decir esto con total verdad. Cuando erais muy pequeños, me encantaba jugar con todos vosotros, y pienso con un suspiro que aquellos días nunca volverán. Desde vuestros primeros días hasta ahora, cuando ya sois mayores, todos, hijos e hijas, habéis sido muy agradables, amables y afectuosos con nosotros y entre vosotros. Cuando todos o la mayoría estáis en casa (como sucede tan a menudo, gracias al cielo), no hay para mi gusto fiesta más grata, y no deseo otra compañía. Sólo una vez hemos sufrido una grave aflicción, con motivo de la muerte de Annie en Malvern, el 24 de abril de 1851, cuando acababa de cumplir diez años. Era la niña más dulce y afectuosa y estoy seguro de que se habría convertido en una mujer encantadora. Pero no hace falta que diga aquí nada sobre su carácter, pues poco después de su muerte escribí un breve esbozo acerca de ella. A veces, cuando pienso en su dulce manera de ser, mis ojos se empañan todavía de lágrimas.

Durante los tres años y ocho meses de nuestra residencia en Londres realicé menos tareas científicas que en cualquier otro período igual de mi vida, aunque trabajé con la mayor dureza posible. Ello se debió a mis frecuentes y reiterados malestares y a una larga y grave enfermedad. La mayor parte del tiempo en que no podía hacer nada la dediqué a mi obra Los arrecifes de coral, iniciada por mí antes de mi boda y cuyas últimas pruebas fueron corregidas el 6 de mayo de 1842. Este libro, aun siendo pequeño, me costó 20 meses de dura labor, pues tuve que leer todo lo escrito sobre el Pacífico y consultar muchos mapas. Fue muy bien considerado por hombres de ciencia, y creo que la teoría expuesta allí ha quedado bien confirmada.

Nunca inicié ninguna de mis obras con un espíritu tan deductivo como ésta, pues toda la teoría fue concebida en la costa oeste de Sudamérica, antes de haber visto un verdadero arrecife de coral. Así pues, sólo me faltaba verificar y ampliar mis puntos de vista mediante un examen atento de los arrecifes vivientes. No obstante, debería señalar que, durante los dos años anteriores, me había estado fijando sin cesar en los efectos producidos sobre el litoral sudamericano por la elevación intermitente del terreno, junto con la denudación y la deposición de sedimentos. Esto me llevó necesariamente a reflexionar mucho sobre los efectos de la subsidencia, y no fue nada difícil sustituir en la imaginación la deposición continua de sedimentos por el crecimiento de los corales hacia arriba. En eso consistió la elaboración de mi teoría sobre la formación de los arrecifes de barrera y los atolones.

Además de mi trabajo sobre los arrecifes coralinos, durante mi residencia en Londres leí ante la Geological Society varias ponencias dedicadas a los bloques erráticos de Sudamérica, a los terremotos, y a la formación de mantillo por la acción de las lombrices de tierra. También seguí supervisando la publicación de la Zoología del viaje del Beagle. Y nunca dejé de recabar datos relacionados con el origen de las especies, cosa que podía llevar a cabo a veces cuando no era capaz de hacer nada más debido a la enfermedad.

El verano de 1842 me sentí más fuerte de lo que había estado durante algún tiempo y realicé una pequeña excursión en solitario por el norte de Gales con el fin de observar los efectos de los antiguos glaciares que llenaron en el pasado todos los valles de cierta extensión, y publiqué en la

Philosophical Magazine un breve informe de lo que había visto. Aquella excursión me interesó mucho, y fue la última vez en que me encontré con fuerzas suficientes como para escalar montañas o dar largos paseos como los que se requieren para realizar trabajos geológicos.

Durante la primera parte de nuestra vida en Londres me sentí lo bastante vigoroso como para participar en la vida social en general y me encontré con un buen número de científicos y otras personas más o menos distinguidas. Aunque tengo pocas cosas que decir que valgan la pena, daré mis impresiones sobre alguna de ellas.

Visité a Lyell más que a cualquier otro, tanto antes como después de mi matrimonio. Su mente se caracterizaba, según me pareció, por la claridad, la prudencia, un juicio sólido y mucha originalidad. Cuando le hacía alguna observación sobre geología, no se detenía nunca hasta haber visto todo el asunto con claridad, y a menudo hacía que también yo lo percibiera más claramente que antes. Solía exponer todas las objeciones posibles a mi propuesta, y una vez agotadas mantenía aún sus dudas durante largo tiempo. Una segunda característica de Lyell era su cordial simpatía por el trabajo de otros hombres de ciencia.

A mi vuelta del viaje del Beagle le expliqué mis opiniones sobre los arrecifes de coral, que diferían de las suyas, y me sentí muy sorprendido y estimulado por el vivo interés que demostró. En tales ocasiones, mientras se sumía en sus pensamientos, solía adoptar las actitudes más extrañas y a menudo se quedaba de pie apoyando la cabeza en el respaldo de un sillón. La ciencia le procuraba un apasionado deleite y sentía el interés más vivo por el progreso futuro de la humanidad. Era muy amable y completamente liberal en sus creencias, o más bien sus incredulidades, religiosas; pero era fuertemente teísta. Poseía una sinceridad muy notable y la demostró convirtiéndose a la teoría de la evolución, a pesar de haber adquirido una gran fama oponiéndose a las opiniones de Lamarck; y, además, lo hizo cuando ya era anciano. Me recordó que muchos años antes, al analizar la oposición de la vieja escuela de geólogos hacia sus novedosas opiniones, yo le había dicho: «Sería bueno que los científicos fallecieran a los 60 años, pues con más edad se opondrán, sin duda, a cualquier doctrina nueva». Él, sin embargo, esperaba que ahora se le permitiera seguir viviendo. Tenía un gran sentido del humor y contaba a menudo anécdotas divertidas. Le encantaba la compañía, sobre todo la de hombres eminentes y personas de alto rango; este aprecio exagerado por la posición de la gente en el mundo me parecía su principal debilidad. Solía discutir con la Sra. Lyell, como si se tratara de la cuestión más seria, si debían aceptar o rechazar una determinada invitación. Pero como no acostumbraba a salir a cenar más de tres veces por semana por la pérdida de tiempo que ello suponía, estaba justificado al sopesar sus invitaciones con cierto cuidado.

Como recompensa, esperaba poder salir más a menudo de noche con el paso de los años, pero ese buen momento no llegó nunca, pues le fallaron las fuerzas.

La ciencia de la geología tiene una enorme deuda con Lyell —mayor, según creo, que con cualquier otro hombre que haya existido—. Cuando me hallaba a punto de iniciar mi viaje a bordo del Beagle, el sagaz Henslow, que, como todos los demás geólogos creía entonces en cataclismos sucesivos, me aconsejó conseguir y estudiar el primer volumen de los Elementos de geología, que acababa de publicarse, pero sin aceptar, de ninguna manera, los puntos de vista defendidos en él. ¡De qué manera tan distinta hablaría ahora alguien sobre los Elementos! Recuerdo con orgullo que el primer lugar donde geologicé —es decir, en la isla de Santiago, en el archipiélago de Cabo Verde — me convenció de la infinita superioridad de las teorías de Lyell sobre las defendidas en cualquier otra obra conocida por mí.

En el pasado, los poderosos efectos de las obras de Lyell se pudieron ver con claridad en el diferente avance de la ciencia en Francia e Inglaterra. El completo olvido en que han caído actualmente las disparatadas hipótesis de Elie de Beaumont, como, por ejemplo, sus Cráteres de elevación y sus Líneas de elevación (la segunda de las cuales oí poner por las nubes a Sedgwick y a la Geological Society), podría atribuirse en gran parte a Lyell.

Conocí a todos los geólogos destacados en el momento en que la geología avanzaba con pasos triunfales. Me agradaba la mayoría de ellos, excepto Buckland, que, a pesar de ser una persona de buen humor y poseer un carácter excelente, me pareció un hombre vulgar y casi tosco. Le impulsaba más el ansia de notoriedad, que a veces le llevaba a actuar como un bufón, que el amor por la ciencia. Sin embargo, no era egoísta en su deseo de notoriedad, pues Lyell, siendo muy joven, le consultó sobre la posibilidad de presentar ante la Geological Society un artículo de poca calidad que le había enviado un desconocido, y Buckland le contestó: «Será mejor que lo haga, pues llevará como título: "Presentado por Charles Lyell", y así su nombre se dará a conocer ante el público».

Los servicios prestados por Murchison a la geología mediante su clasificación de las formaciones más antiguas son incalculables, pero estaba lejos de poseer una mente filosófica. Era muy amable y solía esforzarse al máximo en favorecer a todo el mundo. Valoraba el rango hasta la ridiculez y exhibía este sentimiento y su propia vanidad con la simplicidad de un niño. En las salas de la Geological Society relató encantado a un amplio círculo de personas, muchas de ellas meros conocidos, cómo el zar Nicolás le había palmeado la espalda durante su estancia en Londres y le había dicho, en alusión a sus trabajos geológicos: «Mon ami, Rusia le está agradecida»; luego, Murchison añadía frotándose las manos: «Lo mejor fue que el príncipe

Alberto lo oyó todo». Cierto día anunció ante el consejo de la Geological Society que por fin había sido publicada su gran obra sobre el sistema Silúrico; a continuación dirigió la mirada a los presentes y dijo: «Todos ustedes encontrarán su nombre en el Índice», como si ello fuera la cima de la gloria.

Frecuenté mucho a Robert Brown, «facile princeps botanicorum», como le había llamado Humboldt; y antes de casarme solía ir a verle casi todos los domingos por la mañana. Me parecía notable sobre todo por la minuciosidad y la perfecta exactitud de sus observaciones. Nunca me propuso grandes opiniones científicas en biología. Sus conocimientos eran extraordinariamente amplios, y una gran parte de los mismos murió con él debido a su excesivo temor a cometer errores. Me transmitía su saber con la mayor franqueza, y sin embargo era extrañamente celoso en algunos puntos. Fui a verle dos o tres veces antes del viaje del Beagle, y en una ocasión me pidió que mirara a través de un microscopio y le describiera lo que veía. Así lo hice, y ahora creo que se trataba de las maravillosas corrientes de protoplasma de alguna célula vegetal. Luego le pregunté qué había visto, pero, a pesar de que yo era apenas poco más que un muchacho y estaba a punto de ausentarme de Inglaterra durante cinco años, me respondió: «Éste es mi pequeño secreto». Supongo que temía que pudiese robarle su descubrimiento. Hooker me dijo que era un completo tacaño con sus plantas desecadas, y que lo sabía; no solía prestar especímenes a Hooker, quien se hallaba describiendo las plantas de la Tierra del Fuego, a pesar de saber muy bien que él mismo no iba a utilizar para nada las colecciones de aquella región. Por otra parte, era capaz de las acciones más generosas. Siendo un anciano de escasa salud y totalmente incapacitado para realizar esfuerzos duros, visitaba a diario (según me contó Hooker) a un antiguo criado que vivía lejos y a quien sostenía, y le leía en voz alta. Esto basta para compensar cualquier grado de miseria o celos científicos. Tendía a burlarse de cualquiera que escribiese sobre algo que no entendía totalmente; recuerdo que le elogié la History of the Inductive Science [Historia de la ciencia inductiva] de Whewell, y me respondió: «Sí, supongo que ha leído los prólogos de muchos libros».

Mientras viví en Londres, vi a menudo a Owen, por quien sentía una gran admiración, pero nunca fui capaz de comprender su carácter y nunca intimé con él. Tras la publicación de El origen de las especies se convirtió en un enemigo acérrimo; ello no se debió a ninguna disputa entre nosotros sino, hasta donde me es posible juzgar, a los celos provocados por el éxito de la obra. El pobre Falconer, que era un hombre encantador, tenía de él una mala opinión, pues estaba convencido de que no sólo era ambicioso, muy envidioso y arrogante, sino, además, mentiroso y poco honrado. Su capacidad de odio no tenía, desde luego, rival. Cuando yo, en el pasado, defendía a Owen, Falconer me solía decir: «Ya lo descubrirás algún día», y así fue.

En un período algo posterior trabé íntima amistad con Hooker, que ha sido durante toda mi vida uno de mis mejores amigos. Es un compañero delicioso, agradable y muy bondadoso. Se ve enseguida que se trata de una persona honorable hasta la médula. Su inteligencia es muy aguda y posee una gran capacidad de generalización. Es el trabajador más infatigable que haya visto, puede estar sentado el día entero trabajando con el microscopio y mostrarse a la noche tan fresco y agradable como siempre. Es muy impulsivo en todos los sentidos y de temperamento un tanto irascible; pero las nubes de sus tormentas pasan casi de inmediato. En cierta ocasión me envió una carta casi despiadada por un motivo que parecerá ridículamente nimio a quien lo contemple desde fuera. El motivo fue que durante un tiempo yo había mantenido la estúpida idea de que nuestras plantas carboníferas habían vivido en el mar en aguas superficiales. Su indignación era tanto mayor debido a que no podía pretender que también él habría llegado a sospechar que el mangle (y otras pocas plantas marinas nombradas por mí) habían vivido en el mar si sólo se hubiesen hallado en estado fósil. En otra ocasión se mostró casi igual de indignado porque yo había rechazado desdeñoso la idea de que entre Australia y América del Sur se extendía en otros tiempos un continente. Difícilmente habré conocido a un hombre más digno de aprecio que Hooker.

Un poco más tarde me hice amigo íntimo de Huxley. Su mente es tan rápida como el destello de un rayo y tan afilada como una navaja. Es el mejor conversador que he conocido. Nunca escribe ni dice nada anodino. Oyéndole hablar, nadie le supondría capaz de destruir a sus adversarios con la mordacidad con que puede hacerlo y lo hace. Para mí, ha sido un amigo amabilísimo y siempre me libera de cualquier problema. En Inglaterra ha sido el principal sostén del principio de la evolución gradual de los seres vivos. Aunque ha realizado un gran número de espléndidos trabajos en zoología, habría hecho mucho más si no hubiera consumido tanto tiempo en tareas oficiales y literarias y en sus campañas por mejorar la educación en las zonas rurales. Huxley me permitirá que le diga una cosa: hace muchos años consideraba una lástima que atacase a tantos hombres de ciencia, aunque creía que estaba en lo cierto en cada caso particular, y así se lo comenté. Él negó la acusación en tono indignado y yo le respondí que me sentía muy contento de oír que me hallaba en un error. Habíamos hablado de sus ataques, bien merecidos, contra Owen, así que al cabo de un rato le dije: «¡Qué bien has desenmascarado las meteduras de pata de Ehrenberg!» Él estuvo de acuerdo en que era necesario para la ciencia poner en evidencia esa clase de errores. Luego, al cabo de un rato, añadí: «El pobre Agassiz ha salido malparado de tus manos». Añadí de nuevo otro nombre, y entonces sus ojos me miraron destellantes y estalló en una carcajada lanzándome varios improperios. Huxley es un hombre espléndido y ha trabajado de manera excelente por el bien de la humanidad.

Se me ha de permitir mencionar aquí a unos pocos más hombres eminentes a quienes he tratado ocasionalmente pero sobre quienes tengo pocas cosas valiosas que decir. Siento un gran respeto por sir J. Herschel y fue un placer cenar con él en su encantadora casa de Ciudad del Cabo y, posteriormente, en su hogar de Londres. Lo vi también en otras pocas ocasiones. Nunca hablaba mucho, pero valía la pena escuchar cada palabra pronunciada por él. Era muy tímido y solía tener una expresión acongojada. Lady Caroline Bell, en cuya casa cené estando en Ciudad del Cabo, admiraba mucho a Herschel pero decía de él que siempre entraba en una habitación como si supiera que tenía las manos sucias, y que sabía que su esposa sabía que no las tenía limpias.

En cierta ocasión, desayunando en casa de sir R. Murchinson, conocí al ilustre Humboldt, quien me honró expresando su deseo de verme. Me sentí un poco decepcionado con aquel gran hombre, quizá porque mis expectativas eran probablemente demasiado elevadas. No puedo recordar con nitidez nada de aquella entrevista, fuera de que Humboldt era muy alegre y hablaba mucho.

Solía visitar bastante a menudo a Babbage y asistía con regularidad a sus famosas veladas. Siempre merecía la pena escucharle, pero era un hombre desilusionado y descontento; y tenía una expresión a menudo o generalmente taciturna. No creo que fuera ni la mitad de huraño de lo que aparentaba. Un día me dijo que había inventado un proyecto para acabar eficazmente con cualquier incendio, pero añadió: «No voy a publicarlo, maldita sea: que ardan todas sus casas». Las personas a las que iba dirigida su maldición eran los habitantes de Londres. Otro día me dijo que, al borde de una carretera italiana, había visto una bomba con una inscripción piadosa donde se decía que el propietario la había instalado por amor a Dios y a su país, para permitir beber a los caminantes fatigados. Aquello indujo a Babbage a examinar la bomba de cerca, y no tardó en descubrir que cada vez que un paseante sacaba algo de agua para sí, bombeaba una cantidad aún mayor a la casa del propietario. Babbage añadió a continuación: «Sólo hay una cosa que odio más que la piedad, y es el patriotismo». Pero creo que era más ladrador que mordedor.

La conversación de Herbert Spencer me parecía muy interesante, pero él no me gustaba de manera especial y no tuve la sensación de que fuese fácil llegar a intimar con él. Creo que era extremadamente egoísta. Tras leer alguno de sus libros sentía en general una admiración entusiástica por su talento trascendente, y me he preguntado a menudo si en un futuro distante no ocupará un lugar junto con hombres tan grandes como Descartes, Leibniz, etc., acerca de los cuales sé, sin embargo, muy poco. No obstante, no soy consciente de haberme beneficiado de los escritos de Spencer en mi propio trabajo. Su manera deductiva de tratar cualquier asunto es totalmente contraria a mi forma de pensar. Sus conclusiones nunca me convencieron, y, tras leer alguno de sus análisis, me he dicho siempre una y otra vez: «Aquí habría un estupendo tema para media docena de años de trabajo». Sus generalizaciones fundamentales (¡que algunos comparan en importancia con las leyes de Newton!) —y quizá sean muy valiosas desde un punto de vista filosófico, me atrevería a decir— son de tal naturaleza que no me parecen tener una utilidad científica estricta. Comparten más el carácter de las definiciones que el de las leyes de la naturaleza. No ayudan a nadie a predecir lo que ocurrirá en algún caso particular. Sea como fuere, a mí no me han servido de nada.

Al hablar de H. Spencer me viene a la memoria Buckle, con quien me encontré en cierta ocasión en casa de Hensleigh Wedgwood. Me encantó aprender de él su sistema para la recogida de datos. Me dijo que compraba todos los libros que leía y elaboraba un índice completo de cada uno con los datos que, en su opinión, podrían aprovecharle, y que era capaz de recordar siempre en qué libro había leído alguna cosa, pues tenía una memoria prodigiosa. Luego le pregunté cómo podía juzgar de buenas a primeras qué datos le resultarían útiles y me respondió que no lo sabía, pero que le guiaba una especie de instinto. Su costumbre de hacer índices le permitía dar sobre todo tipo de temas el asombroso número de citas que podemos encontrar en su History of Civilisation [Historia de la civilización]. Este libro me pareció sumamente interesante y lo leí dos veces, pero dudo de que sus generalizaciones posean algún valor. ¡H. Spencer me dijo que no había leído nunca ni una línea suya! Buckle era un gran conversador y yo le escuchaba sin pronunciar apenas palabra, aunque lo cierto es que tampoco habría podido hacerlo, pues no dejaba meter baza. En cierto momento Effie comenzó a cantar y yo me puse en pie de un salto diciendo que debía escucharla. Supongo que esto le ofendió, pues, tras haberme retirado, él se volvió hacia un amigo y dijo (según pudo oír mi hermano): «Bueno, los libros del Sr. Darwin son mucho mejores que su conversación». Lo que realmente quiso decir fue que yo no apreciaba la suya.

De otros grandes autores me encontré una vez con Sydney Smith en casa de Dean Milman. Cada palabra que pronunciaba tenía algo inexplicablemente divertido. Quizá se debía a que el oyente esperaba que le divirtieran. Se hallaba hablando de lady Cork, viejísima por aquel entonces. Era la dama que en cierta ocasión, según contó, se sintió tan afectada por uno de los sermones pronunciados por él con fines caritativos que pidió prestada una guinea a un amigo para echarla al platillo. Luego, Sydney Smith comentó: «La gente cree en general que mi vieja amiga lady Cork ha sido olvidada»; y lo dijo de tal modo que nadie pudo dudar ni un momento de que el sentido de sus palabras era que su vieja amiga había sido olvidada por el diablo. Aunque no sé cómo consiguió expresarlo.

También coincidí una vez con Macaulay en casa de lord Stanhope (el historiador), y como en aquella ocasión sólo había otro hombre en la cena tuve la gran oportunidad de oírle conversar, y fue muy agradable. No habló demasiado, ni mucho menos; en realidad, tampoco era posible que un hombre como aquel hablara en exceso, pues permitía a los demás modificar el rumbo de su conversación, y así lo hizo entonces.

Lord Stanhope me ofreció cierta vez una pequeña y curiosa prueba del carácter exacto y cabal de la memoria de Macaulay. En casa de lord Stanhope acostumbraban a reunirse a menudo muchos historiadores, y en sus debates sobre diversos temas diferían a veces de Macaulay. Al principio solían acudir a algún libro para ver quién tenía razón; pero luego, según observó lord Stanhope, ningún historiador se tomaba aquella molestia, y lo que dijera Macaulay se consideraba definitivo.

En otra ocasión participé en casa de lord Stanhope en una de sus reuniones de historiadores y otros hombres de letras, entre los cuales se hallaban Motley y Grote. Tras la comida di un paseo de casi una hora con Grote por Chevening Park y, además de interesarme mucho su conversación, me agradó la sencillez de sus modales y su nula pretenciosidad.

Desayunando en casa de lord Stanhope en Londres conocí a otro grupo de grandes hombres. Concluido el desayuno, Monckton Milnes (el actual lord Houghton) entró en la habitación y, tras recorrerla con la mirada, exclamó (justificando el apodo de «el frescor de la tarde» que le había puesto Sydney Smith): «Os comunico que todos habéis llegado demasiado pronto».

Hace mucho tiempo cené alguna que otra vez con el anciano conde de Stanhope, padre del historiador. He oído decir que aquel conde democrático, muy conocido en tiempos de la Revolución francesa, había hecho que su hijo se formara como herrero, pues sostenía que todo el mundo debía dominar algún oficio. El viejo conde, a quien conocí, era un hombre extraño, pero me gustó lo poco que vi de él. Era franco, jovial y agradable. Tenía rasgos muy marcados y piel bronceada, y cuando lo conocí vestía todo de marrón. Parecía creer en todo aquello que a los demás les resultaba absolutamente increíble. Cierto día me dijo: «¿Por qué no deja esas tonterías de la geología y la zoología y se dedica a las ciencias ocultas?» Aquellas palabras parecieron horrorizar al historiador (entonces lord Mahon) y divertir mucho a su encantadora esposa.

El último hombre a quien quiero mencionar es a Carlyle, a quien vi varias veces en casa de mi hermano, y dos o tres en la mía. Su conversación era muy jugosa e interesante, lo mismo que sus escritos, pero a veces se explayaba demasiado sobre un mismo tema. Recuerdo una divertida cena en casa de mi hermano, donde, además de algunos otros, estuvieron Babbage y Lyell, a quienes les gustaba charlar. Pero Carlyle no dejó hablar a nadie mientras discurseaba durante toda la cena sobre las ventajas del silencio. Después de cenar, Babbage, con su estilo más adusto, agradeció a Carlyle su interesantísima conferencia sobre el silencio.

Carlyle desdeñaba a casi todo el mundo. Cierto día, en mi casa, calificó la History de Grote de «lodazal fétido carente por completo de refinamiento». Hasta que aparecieron sus Recuerdos, había pensado siempre que sus desprecios eran en parte bromas, lo cual me parece ahora bastante dudoso. Su expresión era la de un hombre deprimido, casi abatido, pero benevolente; y es famoso lo a gusto que se reía. Creo que su benevolencia era auténtica, aunque estaba teñida de cierta envidia. Nadie puede dudar de su extraordinaria capacidad para pintar cuadros vívidos de cosas y personas —mucho más vívidos, me parece a mí, que cualquiera de los trazados por Macaulay—. Otra cuestión es si sus retratos eran verídicos.

Ha demostrado un poder omnímodo para grabar en las mentes algunas grandes verdades morales. Por otra parte, sus opiniones sobre la esclavitud eran repugnantes. Según él, el poder no se equivocaba. Su inteligencia me parecía muy estrecha, incluso dejando de lado todas las ramas de la ciencia, que él despreciaba. Me resulta sorprendente que Kingsley hablara de él como un hombre muy idóneo para fomentar la ciencia. Se reía burlándose de la idea de que un matemático como Whewell pudiera juzgar, según sostenía yo, las opiniones de Goethe sobre la luz. Consideraba sumamente ridículo que alguien se interesara porque un glaciar se moviese un poco más deprisa o un poco más despacio, e, incluso, por el mero hecho de que se moviera. Hasta donde puedo juzgar, nunca conocí a un hombre con una mente tan poco idónea para la investigación científica.

Mientras viví en Londres asistí con tanta regularidad como me fue posible a las reuniones de varias sociedades científicas y actué como secretario de la Geological Society. Pero aquella asiduidad y la vida social corriente eran tan poco indicadas para mi salud que decidí vivir en el campo. Mi esposa y yo lo preferimos así, y nunca nos hemos arrepentido de ello.

RESIDENCIA EN DOWN. DESDE EL 14 DE SEPTIEMBRE DE 1842 HASTA EL MOMENTO PRESENTE (1876)

Tras varias búsquedas infructuosas en Surrey y otros lugares, encontramos nuestra actual casa y la compramos. Me gustó el aspecto variado de la vegetación, propio de una comarca calcárea y, por tanto, diferente de la que me resultaba habitual en los condados de los Midlands; y todavía me agradó más la extraordinaria tranquilidad y rusticidad del lugar. No obstante, no es un emplazamiento tan retirado como lo presenta un autor en una revista alemana, quien dice que sólo se puede acceder a mi casa ¡por un camino de mulas! El hecho de instalarnos aquí ha tenido un efecto admirable que no previmos: el de ser muy conveniente para las frecuentes visitas de nuestros hijos, que no pierden la oportunidad de venir siempre que pueden.

Pocas personas han podido llevar una vida tan retirada como nosotros. Aparte de algunas breves visitas a nuestros parientes y, de vez en cuando, a la costa o algún otro lugar, no hemos ido a ninguna parte. Durante la primera parte de nuestra residencia aquí participamos algo en la vida social y recibimos a unos pocos amigos; pero mi salud se resentía casi siempre con la agitación provocándome escalofríos violentos y accesos de vómitos. Así pues, me he visto obligado a abandonar durante muchos años todas las cenas festivas, lo cual ha constituido para mí cierta privación, pues esas reuniones me ponen siempre de buen humor. Por el mismo motivo, sólo he podido invitar aquí a muy pocos conocidos del mundo de la ciencia. Mientras era joven y fuerte, fui capaz de entablar relaciones muy cálidas, pero en los últimos años, aunque aún mantengo sentimientos muy amistosos hacia muchas personas, he perdido la facultad de vincularme a nadie con afecto profundo, y ni siquiera con mis buenos y queridos amigos Hooker y Huxley lo siento con tanta hondura como antes. Hasta donde me es posible juzgar, esa pérdida de sentimientos se ha apoderado de mí de forma gradual y subrepticia, pues siempre preveo que voy a sufrir un gran malestar tras el agotamiento que he asociado mentalmente y con certeza al hecho de ver a cualquier persona y hablar con ella durante una hora, excepto cuando se trata de mi esposa y mis hijos.

Mi principal disfrute y mi única dedicación a lo largo de mi vida ha sido el trabajo científico, y el entusiasmo que me produce me hace olvidar durante un tiempo o aleja de mí por completo mis molestias cotidianas. Por tanto, no tengo nada que anotar sobre el resto de mi vida, fuera de la publicación de varios libros míos. Quizá merezca la pena ofrecer unos pocos detalles acerca de cómo surgieron.

MIS PUBLICACIONES

A comienzos de 1844 se publicaron mis observaciones sobre las islas volcánicas visitadas por mí durante el viaje del Beagle. En 1845 corregí con mucho esmero la nueva edición de mi Diario de investigaciones, publicado originalmente en 1839 como una parte de la obra de Fitz-Roy. El éxito de aquel primogénito mío literario excita siempre mi vanidad más que cualquier otro de mis libros. Se sigue vendiendo hasta hoy a un ritmo constante en

Inglaterra y Estados Unidos, y ha sido traducido por segunda vez al alemán, así como al francés y a otros idiomas. Resulta sorprendente este éxito de un libro de viajes al cabo de tantos años de su aparición, en especial tratándose de un libro científico. En Inglaterra se han vendido hasta el momento 10.000 ejemplares de la segunda edición. En 1846 se publicaron mis Observaciones geológicas sobre Sudamérica. En un pequeño diario, que siempre he llevado, tengo anotado que mis tres libros de geología (incluido Los arrecifes de coral) requirieron cuatro años y medio de trabajo constante; «y ahora hace diez que regresé a Inglaterra. ¿Cuánto tiempo he perdido a causa de la enfermedad?» Acerca de estos tres libros no tengo nada que decir, fuera de que últimamente se me han pedido nuevas ediciones.

En octubre de 1846 comencé a trabajar sobre los cirrípedos [percebes]. En la costa de Chile encontré una forma muy curiosa que penetraba en las conchas de Concholepas taladrándolas y difería tanto de los demás cirrípedos que tuve que crear un nuevo suborden que los incluyera de manera exclusiva. Posteriormente se ha encontrado en las costas de Portugal un género perforador relacionado con aquél. Para entender la estructura de mi nuevo cirrípedo tuve que examinar y diseccionar muchas formas comunes, lo cual me llevó a interesarme por la totalidad del grupo. Durante los ocho años siguientes trabajé ininterrumpidamente sobre el tema y, finalmente, publiqué dos gruesos volúmenes en los que describía todas las especies vivas conocidas, además de dos delgados tomos en cuarto sobre las especies extinguidas. No dudo de que sir E. Lytton Bulwer pensaba en mí cuando presentó en una de sus novelas a un tal profesor Long, que había escrito dos enormes volúmenes sobre las lapas.

Aunque pasé ocho años dedicado a ese trabajo, he anotado en mi diario que perdí unos dos a causa de mi enfermedad. Debido a ello, en 1848 marché a Malvern para unos meses a fin de recibir un tratamiento hidropático que me hizo mucho bien, hasta el punto de que, a mi vuelta a casa, pude reanudar la tarea. Mi salud era tan mala que, al fallecer mi querido padre, el 13 de noviembre de 1847, me fue imposible asistir a su funeral o actuar como albacea testamentario.

Creo que mi trabajo sobre los cirrípedos posee un valor considerable, pues, además de describir varias formas nuevas y notables, entendí las homologías entre sus diversas partes —descubrí el aparato cementador, aunque cometí un fallo espantoso sobre las glándulas de cementación— y, por último, demostré la existencia de algunos géneros de machos diminutos complementarios y parásitos de los hermafroditas. Este último descubrimiento ha quedado por fin plenamente confirmado, a pesar de que en cierto momento un autor alemán atribuyó gustoso toda aquella explicación a mi fértil fantasía. Los cirrípedos forman un grupo de especies muy variado y difícil de clasificar; y mi trabajo me resultó muy útil cuando tuve que analizar, en El origen de las especies, los principios de una clasificación natural. No obstante, dudo de que mereciera la pena dedicar tanto tiempo a aquella labor.

A partir de septiembre de 1854 consagré todo mi tiempo a organizar mi enorme cúmulo de notas, efectuar observaciones y realizar experimentos en relación con la transmutación de las especies. Durante el viaje del Beagle me impresionó profundamente descubrir en la formación estratigráfica de la Pampa grandes animales fósiles recubiertos de una coraza parecida a la de los actuales armadillos; en segundo lugar, la manera en que animales estrechamente relacionados se van sustituyendo unos a otros a medida que se avanza hacia el sur a lo largo del continente; y en tercer lugar, el carácter sudamericano de la mayoría de los productos del archipiélago de las Galápagos, y más especialmente las ligeras diferencias existentes entre ellos en cada una de las islas del grupo, ninguna de las cuales parece ser muy antigua desde un punto de vista geológico.

Era evidente que tales hechos, al igual que muchos otros, se podían explicar suponiendo que las especies se modifican de forma gradual; y aquel asunto me obsesionó. Pero también era igualmente evidente que ni la acción de las condiciones ambientales ni la voluntad de los organismos (sobre todo en el caso de las plantas) podían dar razón de los innumerables casos en que todo tipo de organismos aparecen maravillosamente adaptados a sus hábitos de vida —por ejemplo, un pájaro carpintero o una rana arborícola para trepar por los árboles, o una semilla para dispersarse mediante ganchos o penachos—. Siempre me habían llamado mucho la atención esa clase de adaptaciones, y mientras no pudieran explicarse me parecía casi inútil empeñarse en demostrar por medio de pruebas indirectas que las especies habían experimentado modificaciones.

Tras mi regreso a Inglaterra me pareció que, siguiendo el ejemplo de Lyell en geología y recabando todos los datos relacionados de alguna manera con la variación de animales y plantas en estado de domesticación o en estado natural, se podría arrojar, quizá, alguna luz sobre todo el asunto. En julio de 1837 inicié mi primer cuaderno de notas. Trabajé partiendo de principios auténticamente baconianos y, prescindiendo de cualquier teoría, acumulé toda clase de datos, más especialmente en lo que respecta a las especies domesticadas; para ello recurrí a cuestionarios impresos, a conversaciones con ganaderos y hortelanos diestros y a un gran número de lecturas. Cuando veo la lista de libros de todo tipo que leí y resumí, incluidas colecciones completas de revistas y anales, me sorprende mi laboriosidad. No tardé en constatar que la selección era la clave del éxito del ser humano en la creación de razas útiles de animales y plantas. Pero durante un tiempo fue para mí un misterio cómo se podía aplicar la selección a organismos que vivían en estado natural.

En octubre de 1838, es decir, 15 meses después de haber iniciado mi indagación sistemática, leí por casualidad y para entretenerme el libro de Malthus Sobre la población, y como, debido a mi larga y continua observación de los hábitos de los animales y las plantas, me hallaba bien preparado para darme cuenta de la lucha universal por la existencia, me llamó la atención enseguida que, en esas circunstancias, las variaciones favorables tenderían a preservarse, y las desfavorables a ser destruidas. El resultado de ello sería la formación de nuevas especies. Ahí tenía, por fin, una teoría con la que trabajar; pero me preocupaba tanto evitar cualquier prejuicio que decidí no escribir durante un tiempo ni siquiera el menor esbozo de la misma. En junio de 1842 me permití por primera vez la satisfacción de poner por escrito a lápiz y en 35 páginas un brevísimo resumen de mi teoría, que amplié durante el verano de 1844 hasta llegar a las 230, que copié con letra legible y todavía conservo.

Pero en aquel momento no tuve en cuenta un problema de gran importancia, y me resulta sorprendente, si no es por el principio del huevo de Colón, haber pasado por alto dicho problema y su solución. Se trata de la tendencia de los seres orgánicos que descienden de una misma cepa a presentar divergencias en sus caracteres a medida que se modifican. La manera en que toda clase de especies se puede clasificar en géneros, los géneros en familias, las familias en subórdenes, etcétera, demuestra de manera obvia que han divergido grandemente. Puedo recordar el lugar preciso de la carretera en que sentí la alegría de que se me ocurriera la solución mientras me hallaba en mi carruaje, y fue mucho después de haberme trasladado a Down. La solución es, según creo, que, en la economía de la naturaleza, la descendencia modificada de todas las formas dominantes y en expansión tiende a adaptarse a muchos lugares muy diversificados.

A comienzos de 1856, Lyell me aconsejó que pusiera por escrito mis opiniones con mucho detalle, y comencé a hacerlo enseguida con una extensión tres o cuatro veces superior a la que mantuve más tarde en El origen de las especies; sin embargo, no era más que un compendio de los materiales que había recogido y seguí en la misma escala hasta la mitad de la obra aproximadamente. Pero mis planes acabaron por tierra debido a que, a comienzos del verano de 1858, el Sr. Wallace, que se hallaba entonces en el archipiélago malayo, me envió un ensayo titulado On the Tendency of Varieties to depart indefinitely from the Original Type [Sobre la tendencia de las variedades a alejarse indefinidamente del tipo original]; aquel escrito contenía una teoría exactamente igual a la mía. El Sr. Wallace expresaba el deseo de que, si su ensayo me parecía bien, lo enviara a Lyell para su examen.

Las circunstancias bajo las cuales accedí, a petición de Lyell y Hooker, a permitir la publicación de un extracto de mi manuscrito, junto con una carta a

Asa Gray fechada el 5 de septiembre de 1857, al mismo tiempo que el ensayo de Wallace, se exponen en el Journal of the Proceedings of the Linnean Society, 1858, pág. 45. Al principio me mostré muy reacio a dar mi consentimiento, pues pensaba que el Sr. Wallace podría considerar mi acción injustificada, ya que en aquel momento no conocía la generosidad y nobleza de su manera de ser. Ni el extracto de mi manuscrito ni la carta a Asa Gray habían sido pensados para ser publicados y estaban mal escritos. En cambio, el ensayo del Sr. Wallace estaba expresado admirablemente y con gran claridad. No obstante, nuestras producciones conjuntas suscitaron escasa atención, y la única noticia publicada acerca de ellas que puedo recordar fue la escrita por el profesor Haughton, de Dublín, cuyo veredicto fue que todo lo nuevo expuesto allí era falso, y todo lo verdadero, viejo. Esto demuestra lo necesario que es explicar muy por extenso cualquier nueva opinión para suscitar la atención del público.

En septiembre de 1858, firmemente aconsejado por Lyell y Hooker, me puse a trabajar para preparar un volumen sobre la transmutación de las especies, pero mi mala salud y algunas cortas visitas al encantador establecimiento hidropático del Dr. Lane me impusieron frecuentes interrupciones. Resumí el manuscrito, iniciado en 1856 con una extensión muy superior, y completé el volumen a esa misma escala reducida. Me costó trece meses y diez días de duro esfuerzo. Fue publicado en noviembre de 1859 con el título de On the Origin of Species [El origen de las especies]. Aunque en las ediciones posteriores ha experimentado considerables añadidos y correcciones, ha seguido siendo sustancialmente el mismo.

Es, sin duda, la obra principal de mi vida. Tuvo mucho éxito desde el primer momento. La primera edición reducida de 1.250 ejemplares se vendió el día de su publicación; y una segunda edición de 3.000, poco después. Hasta el momento (1876) se han vendido en Inglaterra 16.000 ejemplares. Se trata de una cifra de ventas considerable, si se tiene en cuenta que es un libro difícil. Ha sido traducido a casi todas las lenguas europeas, incluso a idiomas como el español, el bohemio, el polaco y el ruso. Según la señorita Bird, se ha publicado también una traducción a la lengua de Japón, país donde está siendo muy estudiado. Sobre este libro ha aparecido incluso un ensayo en hebreo en el que se demuestra que la teoría se halla ¡en el Antiguo Testamento! Las reseñas han sido muy numerosas; durante un tiempo recogí todas las que aparecían sobre el Origen y sobre mis otros libros relacionados con él, que (excluidas las recensiones de prensa) suman 265; pero al cabo de un tiempo abandoné desesperado aquel intento. Se han publicado numerosos ensayos y libros dedicados exclusivamente al tema; y en Alemania se edita cada uno o dos años un catálogo o bibliografía sobre «Darwinismo».

Pienso que el éxito del Origen podría atribuirse en gran parte a que, mucho antes, escribí dos esbozos condensados y compendié un manuscrito mucho más extenso, que ya era un resumen en sí mismo. Ello me permitió seleccionar los datos y conclusiones más llamativos. Durante muchos años me atuve también a una regla de oro consistente en redactar enseguida y sin falta una nota siempre que me encontraba con un dato publicado o ante una observación o pensamiento nuevos opuestos a mis resultados generales, pues he descubierto por experiencia que esa clase de datos y pensamientos tendían a desaparecer de la memoria mucho más que los favorables. Debido a ese hábito, han sido pocas las objeciones contrarias a mis opiniones de las que, al menos, no me haya percatado y a las que no haya intentado responder.

Se ha dicho a veces que el éxito del Origen demostraba que «el tema flotaba en el ambiente», o que «la mente humana estaba preparada para él». No creo que sea estrictamente cierto, pues, de vez en cuando, sondeé a no pocos naturalistas y jamás me topé con ninguno que dudara, al parecer, sobre la permanencia de las especies. Ni siquiera Lyell o Hooker parecieron estar nunca de acuerdo conmigo, a pesar de que solían escucharme con interés. En una o dos ocasiones intenté explicar a personas capaces qué entendía yo por selección natural, pero fracasé rotundamente. Lo que sí creo rigurosamente cierto es que en las mentes de los naturalistas se hallaba almacenado un cúmulo incalculable de datos bien observados dispuestos a ocupar su lugar idóneo en cuanto se explicase suficientemente una teoría que les diera cabida. Otro factor del éxito del libro fue su tamaño moderado, cosa que debo a la aparición del ensayo del Sr. Wallace; de haberlo publicado según la escala en que comencé a escribirlo en 1856, el libro habría sido cuatro o cinco veces más extenso que el Origen, y muy pocos habrían tenido la paciencia de leerlo.

Mi retraso en publicarlo desde alrededor de 1839, cuando concebí la teoría con claridad, hasta 1859, me aportó un gran beneficio y no me supuso ninguna pérdida, pues me preocupaba muy poco que la gente atribuyera mayor originalidad a mí o a Wallace; además, el ensayo de éste contribuyó, sin duda, a la recepción de la teoría. Sólo se me adelantaron en un punto importante, que mi vanidad me ha hecho lamentar siempre, a saber, la explicación de la presencia de unas mismas especies de plantas y algunos pocos animales en cimas de montañas distantes y en las regiones árticas en virtud del período glacial. Este punto de vista me agradó tanto que lo desarrollé por extenso en un escrito que fue leído por Hooker algunos años antes de que E. Forbes publicara su célebre memoria sobre el tema. Sigo pensando que yo tenía razón en los poquísimos puntos en que disentíamos. Y nunca, por supuesto, he aludido en ninguna publicación al hecho de haber desarrollado esa teoría de forma independiente.

Mientas trabajaba en el Origen, no hubo apenas un asunto que me proporcionara tanta satisfacción como la explicación de las grandes diferencias existentes en muchas clases entre el embrión y el animal adulto, y del gran parecido entre embriones dentro de una misma clase. Hasta donde me es posible recordar, en las primeras reseñas del Origen no se prestó ninguna atención a este punto; me acuerdo de haber expresado mi sorpresa acerca de ello en una carta a Asa Gray. En los últimos años, varios reseñadores han atribuido todo el mérito de esta idea a Fritz Müller y Häckel, quienes la han desarrollado, sin duda, de manera más completa, y en algunos aspectos más correcta, de lo que lo hice yo. Tenía material para todo un capítulo sobre el tema y debía haber efectuado un análisis más largo, pues es evidente que no impresioné a mis lectores, y la persona que lo hizo es digna, en mi opinión, de todo el mérito.

Esto me lleva a observar que he sido tratado casi siempre con honradez por todos mis críticos, dejando de lado, por no ser dignos de atención, a quienes no poseían un conocimiento científico. Mis opiniones han sido a menudo burdamente malinterpretadas y acérrimamente combatidas y ridiculizadas, pero, en general, todo ello se ha hecho, según creo, de buena fe. No obstante, debo hacer una excepción con el Sr. Mivart, quien, como lo expresó por carta un norteamericano, ha actuado contra mí «como un maestrillo» o, según Huxley, «como un abogado del Tribunal Penal». En conjunto, no dudo de que mis obras han sido excesivamente elogiadas en repetidas ocasiones. Me alegra haber evitado controversias. Esto se lo debo a Lyell, quien, hace muchos años, refiriéndose a mis trabajos geológicos, me aconsejó enérgicamente no dejarme enredar en polémicas, pues raramente causaban algún bien y generaban una pérdida lamentable de tiempo y humor.

Siempre que he descubierto que había cometido una pifia o que mi trabajo era imperfecto, que se me criticaba con desprecio o, incluso, que se me elogiaba de manera desmedida hasta hacerme sentir azoramiento, nada me ha consolado tanto como decirme cientos de veces: «He trabajado tan duro y tan bien como he podido, y nadie puede hacer más». Recuerdo que, estando en la bahía del Buen Suceso, en Tierra del Fuego, pensé (y creo que escribí a casa acerca de ello) que no podía emplear mejor mi vida que añadiendo algún pequeño detalle a las ciencias naturales. Así lo hice, según mis capacidades; y que los críticos digan lo que quieran, pues no podrán destruir esta convicción.

Durante los dos últimos meses del año 1859 estuve totalmente ocupado en preparar una segunda edición del Origen y con una enorme cantidad de correspondencia. El 7 de enero de 1860 empecé a organizar mis notas para mi obra sobre La variación en animales y plantas domésticos, aunque no se publicó hasta comienzos de 1868; el retraso se debió, en parte, a mis frecuentes enfermedades, una de la cuales duró siete meses, y en parte también a que me sentí tentado a publicar sobre otros temas que en el aquel momento me interesaban más.

El 15 de mayo de 1862 apareció mi librito sobre La fecundación de las orquídeas: la mayoría de los datos habían sido acopiados lentamente a lo largo de varios años. Durante el verano de 1839 —y del año anterior, según creo—, el hecho de haber llegado en mis especulaciones sobre el origen de las especies a la conclusión de que el cruzamiento desempeñaba un cometido importante en mantener constantes las formas específicas me llevó a prestar atención a la fecundación cruzada de las flores. Durante los veranos siguientes me ocupé más o menos del tema y mi interés por él aumentó mucho tras haber conseguido y leído en noviembre de 1841, gracias al consejo de Robert Brown, un ejemplar del maravilloso libro de C. K. Sprengel Das entdeckte Geheimnis der Natur [El misterio de la naturaleza al descubierto]. Antes de 1862 me interesé especialmente durante algunos años por la fecundación de nuestras orquídeas británicas; y me pareció que el mejor plan consistía en preparar un tratado lo más completo posible sobre este grupo de plantas, más que utilizar la gran masa de materiales que había recogido lentamente en relación con otras plantas.

Mi decisión resultó ser inteligente, pues desde la publicación del libro ha aparecido un número sorprendente de artículos y obras aparte sobre la fecundación de todo tipo de flores. Y esas obras están mucho mejor escritas de lo que a mí me habría sido posible. Los méritos del pobre Sprengel, olvidados durante tanto tiempo, son ahora plenamente reconocidos, muchos años después de su muerte.

Durante aquel mismo año publiqué en el Journal of the Linnean Society un artículo «Sobre las dos formas, o condición dimórfica, de las prímulas»; y durante los cinco siguientes, cinco artículos más sobre plantas dimórficas y trimórficas. No creo que en mi vida como científico haya habido nada que me haya procurado tanta satisfacción como comprender el sentido de la estructura de estas plantas. En 1838 o 1839 observé el dimorfismo de Linum flavum, y al principio pensé que se trataba simplemente de un caso de variabilidad sin significado. Pero al examinar la especie común de Primula, descubrí que las dos formas eran demasiado regulares y constantes como para ser consideradas de ese modo. Por tanto, llegué casi a convencerme de que la hierba centella y la primavera iban camino de convertirse en dioicas; que el pistilo corto de una de las formas y los cortos estambres de la otra tendían a la atrofia. Así pues, sometí las plantas a una prueba en función de este punto de vista, pero, en cuanto las flores con pistilos cortos se fertilizaron con polen de los estambres también cortos, vi que producían más semillas que en cualquier otra de las cuatro uniones posibles, con lo que la teoría de la atrofia se vino abajo. Tras algunos experimentos adicionales resultó evidente que, aunque las dos formas eran hermafroditas perfectas, ambas mantenían entre sí casi la misma relación que los dos sexos de un animal corriente. En el caso de Lythrum nos encontramos con la circunstancia aún mas maravillosa de tres formas que mantienen entre ellas una relación similar. Más tarde descubrí que los vástagos de la unión de dos plantas pertenecientes a las mismas formas presentaban una analogía estrecha y curiosa con los híbridos de la unión de especies diferentes.

En el otoño de 1864 concluí un largo artículo sobre «Plantas trepadoras» y lo envié a la Linnean Society. Me costó cuatro meses escribirlo, pero cuando recibí las pruebas de imprenta me sentía tan mal que me vi obligado a dejarlas como estaban redactadas, en un estilo de mala calidad y a menudo oscuro. El artículo recibió muy poca atención, pero cuando, en 1875, fue corregido y publicado como libro aparte se vendió bien. Lo que me llevó a tratar este tema fue la lectura de un artículo breve de Asa Gray sobre los movimientos de los zarcillos de una planta cucurbitácea publicado en 1858. Gray me envió semillas, y al cultivar algunas plantas me sentí tan fascinado y perplejo por los movimientos en espiral de zarcillos y ramas —movimientos, en realidad, muy sencillos, aunque en un primer momento parecen sumamente complejos—, que me hice con varios tipos más de plantas trepadoras y estudié aquel asunto en su totalidad. La cuestión me atraía tanto más porque no me sentía en absoluto satisfecho con la explicación que nos había dado Henslow en sus conferencias sobre las plantas volubles, a saber, que poseen una tendencia natural a crecer en espiral. Esta explicación resultó ser completamente errónea. Algunas de las adaptaciones que presentan las plantas trepadoras son tan hermosas como las de las orquídeas para lograr la fecundación cruzada.

Tal como he dicho, inicié mi obra La variación en animales y plantas domésticos a principios de 1860, pero no fue publicada hasta el comienzo de 1868. Se trata de un gran libro que me costó cuatro años y dos meses de duro esfuerzo. Ofrece todas mis observaciones y un número inmenso de datos recogidos de diversas fuentes sobre nuestras producciones domésticas. En el segundo volumen se analizan las causas y leyes de la variación, la herencia, etcétera, en la medida en que lo permite el estado actual de nuestros conocimientos. Hacia el final de la obra presento mi maltratada hipótesis de la pangénesis. Una hipótesis no verificada posee escaso valor, o ninguno. Pero si alguien realiza luego observaciones que permitan confirmar esa clase de hipótesis, habré prestado un buen servicio, pues así es como se pueden vincular unos con otros un número asombroso de datos aislados. En 1875 salió a la luz una segunda edición ampliamente corregida que me costó un gran esfuerzo.

Mi libro El origen del hombre se publicó en febrero de 1871. En cuanto me convencí de que las especies eran producciones mutables (en el año 1837 o 1838), no pude evitar creer que el ser humano debía hallarse bajo la misma ley. En consecuencia, recogí notas sobre el tema para mi propia satisfacción, y durante largo tiempo no tuve intención de publicar nada al respecto. Aunque en El origen de las especies no se analiza nunca la derivación de una especie en particular, consideré mejor añadir, para que ninguna persona respetable pudiera acusarme de ocultar mis opiniones, que con la obra en cuestión «se proyectaría luz sobre el origen del hombre y su historia». Habría sido inútil y perjudicial para el éxito del libro haber aireado mi convicción respecto a ese origen sin ofrecer ninguna prueba.

Pero cuando vi que muchos naturalistas aceptaban plenamente la doctrina de la evolución de las especies, me pareció aconsejable desarrollar aquellas notas tal como las tenía y publicar un tratado especial sobre el origen del hombre. Me sentí tanto más contento de hacerlo porque me brindaba la oportunidad de analizar a fondo la selección sexual, asunto que siempre me ha interesado mucho. Este tema y el de la variación de nuestras producciones domésticas, junto con las causas y leyes de la variación, la herencia, etcétera, y el entrecruzamiento de plantas, son los únicos sobre los que he sido capaz de escribir por extenso utilizando todos los materiales recogidos por mí. Escribí El origen del hombre a lo largo de tres años, durante los cuales perdí cierto tiempo, como de costumbre, debido a mi mala salud, además de consumir algo más en la preparación de nuevas ediciones y otras obras menores. En 1874 apareció una segunda edición de El origen del hombre ampliamente corregida.

Mi libro sobre La expresión de las emociones en los hombres y animales se publicó en el otoño de 1872. Mi intención era haber ofrecido sólo un capítulo acerca del tema en El origen del hombre, pero en cuanto comencé a ensamblar mis notas vi que requeriría un libro aparte.

Mi primer hijo nació el 27 de diciembre de 1839, y enseguida empecé a tomar notas sobre los inicios de sus distintas muestras de expresión, pues estaba convencido, incluso en aquellas fechas tan tempranas, de que los matices expresivos más complejos y delicados debían de tener un origen gradual y natural. Durante el verano del año siguiente, 1840, leí la admirable obra de sir C. Bell sobre la expresión, que acrecentó considerablemente mi interés por el asunto, aunque me era del todo imposible estar de acuerdo con él en su creencia en la creación específica de varios músculos con fines expresivos. A partir de ese momento presté atención a aquel tema, tanto respecto a los seres humanos como a nuestros animales domesticados. Mi libro se vendió muy bien, y desde el día de su publicación se han despachado 5.267 ejemplares.

En el verano de 1860 me hallaba holgazaneando y descansando cerca de Hartfield, donde abundan dos especies de Drosera, y observé que sus hojas habían atrapado numerosos insectos. Me llevé a casa algunas plantas y, al aportarles insectos, vi el movimiento de sus tentáculos, lo que me hizo considerar probable que los insectos fueran apresados con algún propósito particular. Por suerte se me ocurrió una prueba especial consistente en colocar un gran número de hojas en diversos fluidos de igual densidad, nitrogenados y no nitrogenados, y en cuanto descubrí que sólo los primeros provocaban movimientos enérgicos fue evidente que allí había un nuevo y excelente campo de investigación.

Durante los años siguientes, siempre que tenía tiempo libre, continué mis experimentos, y en julio de 1875 —es decir, 16 años después de mis primeras observaciones— se publicó mi libro Plantas carnívoras. En este caso, como en el de todos mis demás libros, el retraso fue muy ventajoso para mí, ya que, pasado un largo plazo, uno puede criticar su propia obra como si fuera otra persona. El hecho de que una planta secrete, cuando es estimulada adecuadamente, un fluido que contiene un ácido y un fermento y es muy análogo al del fluido digestivo de un animal fue, sin duda, un descubrimiento notable.

Durante este otoño de 1876 publicaré una obra sobre Los efectos de la fecundación cruzada y la autofecundación en el reino vegetal. El libro será complementario del dedicado a La fecundación de las orquídeas, donde demostré la perfección de los medios de fecundación cruzada, y en él mostraré lo importantes que son los resultados. Lo que me condujo a realizar durante 11 años los numerosos experimentos recogidos en este volumen fue una observación meramente accidental. Por cierto, para conseguir despertar plenamente mi atención ante el hecho notable de que las plántulas de ascendencia autofecundada son inferiores en altura y vigor, incluso en la primera generación, a las originadas por fecundación cruzada, fue necesario que aquel accidente se repitiera. Espero también volver a publicar una edición revisada de mi libro sobre las orquídeas y, a continuación, mis artículos sobre plantas dimórficas y trimórficas, junto con algunas observaciones adicionales sobre puntos relacionados que nunca he tenido tiempo de organizar. En ese momento habré agotado, probablemente, todas mis fuerzas y estaré listo para exclamar: «Nunc dimittis».

Los efectos de la fecundación cruzada y de la autofecundación se publicó en otoño de 1876, y las conclusiones a las que llego allí explican, según creo, las incontables y maravillosas estratagemas utilizadas para el transporte de polen de una planta a otra de la misma especie. Ahora, sin embargo, creo —debido sobre todo a las observaciones realizadas por Hermann Müller— que debería haber insistido más en las numerosas adaptaciones dirigidas a la autofecundación, aunque era plenamente consciente de muchas de ellas. En 1877 se publicó una edición muy ampliada de La fecundación de las orquídeas.

Ese mismo año apareció la obra Las formas de las flores, etc., y en 1880 una segunda edición. El libro está compuesto principalmente por los distintos artículos sobre flores heterostilas, publicados originalmente por la Linnean Society, corregidos y ampliados con mucho material nuevo, junto con observaciones sobre otros casos en los que una misma planta produce dos tipos de flores. Según he señalado anteriormente, ninguno de mis pequeños descubrimientos me causó tanto placer como la comprensión del sentido de las flores heterostilas. Aunque sólo unas pocas personas han reparado en ellos, creo que los resultados del cruzamiento irregular de esa clase de flores son de gran importancia, pues guardan relación con la esterilidad de los híbridos.

En 1879 hice que se publicara una traducción de la Vida de Erasmus Darwin, del Dr. Ernst Krause, y le añadí un esbozo sobre su carácter y costumbres basándome en materiales de mi propiedad. Muchas personas han mostrado gran interés por esta pequeña biografía y me sorprende que sólo se hayan vendido entre 800 y 900 ejemplares. Al haber omitido accidentalmente mencionar que el Dr. Krause había ampliado y corregido su artículo en alemán antes de su traducción, el Sr. Samuel Butler me injurió con una virulencia casi demencial. Nunca he logrado entender cómo pude haberle ofendido de manera tan virulenta. El asunto dio lugar a controversias en las revistas Athenaeum y Nature. Presenté todos los documentos al examen de algunos buenos jueces, como Huxley, Leslie Stephen, Litchfield, etc., y todos estuvieron unánimemente de acuerdo en que el ataque era tan infundado que no merecía una respuesta pública, pues ya había ofrecido mis excusas en privado al Sr. Butler por mi omisión accidental. Huxley me consoló citando en alemán unos versos de Goethe, que había sido atacado por alguien; en ellos se decía que «toda ballena tiene sus piojos».

En 1880 publiqué, con ayuda de Frank, nuestra obra conjunta La capacidad de movimiento de las plantas. Fue un trabajo duro. El libro guarda con mi obrita sobre las Plantas trepadoras una relación similar, en cierto modo, a la existente entre La fecundación cruzada y La fecundación de las orquídeas, pues, según los principios de la evolución, era imposible explicar que las plantas trepadoras se hubieran desarrollado hasta formar grupos ampliamente diferentes, a menos que todos los tipos de plantas poseyeran cierta capacidad análoga de movimiento, aunque fuese leve. Demostré que así era, y acabé formulando una generalización bastante amplia, en el sentido de que los modos de movimiento grandes e importantes provocados por la luz, la atracción de la gravedad, etcétera, son todos ellos formas modificadas del movimiento fundamental de circumnutación. Siempre me ha agradado encumbrar a las plantas en la escala de los seres vivos y, por tanto, he sentido un especial placer en mostrar los movimientos tan numerosos y admirablemente bien adaptados que posee la punta de una raíz.

Hoy (1 de mayo de 1881) he enviado a los editores el manuscrito de un librito sobre La formación de mantillo vegetal por la acción de las lombrices. Se trata de un asunto de importancia menor, y no sé si interesará a algún lector, pero sí me ha interesado a mí. Completa un breve artículo leído hace más de

40 años ante la Geological Society y que ha vuelto a despertar en mí viejas reflexiones geológicas.

VALORACIÓN DE MIS CAPACIDADES MENTALES

Acabo de mencionar todos los libros que he publicado y de comentar que han sido los hitos de mi vida, por lo que ya no queda mucho que decir. No soy consciente de que mi mente haya cambiado durante los últimos 30 años, excepto en un punto que mencionaré enseguida; por lo demás, tampoco era de esperar cambio alguno, a no ser el de un deterioro general. Ahora bien, mi padre vivió hasta los 83 con una inteligencia tan despierta como siempre y con todas sus facultades intactas, así que espero poder morir antes de sufrir algún fallo mental apreciable. Pienso que me he vuelto un poco más diestro para dar con las explicaciones correctas e idear pruebas experimentales; pero esto es probablemente el resultado de la simple práctica y de un mayor acervo de conocimientos. Sigo teniendo tanta dificultad como siempre para expresarme con claridad y concisión, dificultad que me ha hecho perder mucho tiempo, pero que, como compensación, ha tenido la ventaja de obligarme a pensar largo y tendido cualquier frase, lo que me ha llevado a menudo a detectar errores en mi razonamiento y mis observaciones o en los de los demás.

Mi inteligencia parece adolecer de una especie de fatalidad que me conduce a formular mis afirmaciones y propuestas de forma equivocada o torpe en un primer momento. En el pasado solía pensar las frases antes de ponerlas por escrito; pero desde hace varios años he descubierto que ahorra tiempo garabatear páginas enteras con mala caligrafía y con la mayor rapidez posible, comprimiendo la mitad de las palabras para luego corregirlas pausadamente. Las frases garabateadas de ese modo suelen ser mejores que las que podría haber escrito sin prisas.

Dicho esto sobre mi forma de escribir, añadiré que en mis libros más extensos dedico mucho tiempo a la organización general de la materia. Al principio trazo un esquema muy tosco en dos o tres páginas, y luego otro más amplio en varias, en las que unas pocas palabras o una sola representan todo un análisis o una serie de datos. Antes de comenzar a escribir por extenso vuelvo a expandir, y a menudo transformo, cada uno de esos epígrafes. Como en varios de mis libros he utilizado con mucha amplitud hechos observados por otras personas, y como siempre me he ocupado de varios temas muy distintos al mismo tiempo, debo mencionar que tengo de 30 a 40 grandes carpetas en armarios con estantes etiquetados en las que puedo introducir enseguida una cita suelta o una nota. He comprado muchos libros, al final de los cuales elaboro un índice de todos los datos relacionados con mi trabajo; o, si el libro no es de mi propiedad, redacto un resumen aparte. Tengo un gran cajón lleno de esos resúmenes. Antes de iniciar cualquier tema, consultó todos los índices breves y elaboro un índice general ordenado; y tomando la carpeta o las carpetas adecuadas, tengo lista para su empleo toda la información recogida a lo largo de mi vida.

Ya he dicho que, durante los últimos 20 o 30 años, mi mente ha cambiado en un aspecto. Hasta que cumplí los 30, o incluso más, me causaban gran placer muchos tipos de poesía, como, por ejemplo, las obras de Milton, Gray, Byron, Wordsworth, Coleridge y Shelley, y disfrutaba intensamente con Shakespeare, sobre todo con sus piezas históricas, incluso en mis años de escuela. También he dicho que, en el pasado, la pintura me gustaba considerablemente, y la música muchísimo. Ahora, en cambio, hace años que no puedo soportar leer ni un verso: últimamente he intentado leer a Shakespeare y lo he encontrado tan insoportablemente aburrido que me revuelve el estómago. He perdido casi por completo el gusto por los cuadros o la música. En general, la música, en vez de causarme placer me hace pensar con demasiada energía en lo que he estado trabajando. Conservo cierto gusto por los paisajes espléndidos, pero ya no me producen el exquisito deleite de otros tiempos. En cambio, las novelas que son productos de la imaginación, aunque no sean de orden superior, han constituido para mí durante años un maravilloso alivio y suelo bendecir a todos los novelistas. Me han leído en voz alta un número sorprendentemente alto de novelas y, con tal de que sean moderadamente buenas y tengan un final feliz, me gustan todas —debería dictarse una ley contra las que acaban mal—. Según mi gusto, una novela no es de primera categoría a menos que contenga algún personaje a quien se pueda amar plenamente; y si es una mujer hermosa, tanto mejor.

Esta pérdida curiosa y lamentable de los gustos estéticos más elevados es especialmente extraña si se tiene en cuenta que las obras de historia, las biografías, los libros de viajes (independientemente de los datos científicos que puedan contener) y los ensayos sobre todo tipo de temas me interesan tanto como siempre. Mi mente parece haberse convertido en una máquina de moler grandes cantidades de datos para producir leyes generales, pero no consigo concebir por qué esa circunstancia debería haber provocado únicamente la atrofia de aquella parte del cerebro de la que dependen los gustos más elevados. Supongo que un hombre con una inteligencia más organizada o mejor constituida que la mía no habría sufrido ese inconveniente, y si tuviese que volver a vivir de nuevo, me impondría como norma leer algo de poesía y escuchar algo de música al menos una vez por semana, pues es posible que las partes de mi cerebro actualmente atrofiadas pudieran haberse mantenido activas mediante el uso. La pérdida de esos gustos constituye una pérdida de felicidad y quizá sea nociva para la inteligencia, y más probablemente para el carácter moral, al debilitar la parte emocional de nuestra naturaleza.

Mis libros se han vendido mucho en Inglaterra, han sido traducidos a numerosos idiomas y han tenido varias ediciones en países extranjeros. He oído decir que el éxito de una obra fuera de su país es la mejor prueba de su valor duradero. Dudo de que ese criterio sea realmente fiable, pero, según él, mi nombre debería perdurar unos cuantos años. Por tanto, quizá valga la pena que intente analizar las cualidades intelectuales y las condiciones de las que ha dependido mi éxito, aunque soy consciente de que nadie puede hacerlo correctamente.

No poseo una gran rapidez de entendimiento o de ingenio, tan notable en algunas personas inteligentes, como, por ejemplo, en Huxley. Por tanto, soy un mal crítico: cuando leo por primera vez un artículo o un libro, suscitan mi admiración y no percibo sus puntos débiles hasta después de una considerable reflexión. Mi capacidad para el pensamiento prolongado y puramente abstracto es muy limitada; además, nunca habría tenido éxito en el terreno de la metafísica o las matemáticas. Mi memoria es amplia pero imprecisa: para hacer que me muestre cauteloso, basta con decirme vagamente que he observado o leído algo contrario, o favorable, a alguna conclusión a la que estoy llegando, y al cabo de un tiempo soy capaz, en general, de recordar dónde debo buscar una confirmación. En un sentido concreto, tengo una memoria tan mala que nunca he conseguido recordar más de unos pocos días una fecha concreta o un verso.

Algunos críticos han dicho: «¡Oh!, es un buen observador, pero no posee un razonamiento poderoso». No creo que sea verdad, pues El origen de las especies es un largo argumento de principio a fin y ha convencido a un número considerable de gente bien dotada. Nadie podría haberlo escrito sin cierta capacidad de razonamiento. Tengo bastante imaginación y sentido común o sensatez, como deben de tenerlas todos los abogados o médicos de éxito, pero no más, según creo.

Como saldo a favor, pienso que soy superior al común de los mortales para percatarme de cosas que no atraen fácilmente la atención y observarlas con cuidado. Mi diligencia en observar y recabar datos ha sido casi todo lo grande que podía ser. Un hecho bastante más importante es que mi amor por la naturaleza ha sido siempre constante y ardiente. No obstante, el deseo de ser apreciado por mis colegas naturalistas ha ayudado mucho a ese amor puro. Desde mi primera juventud he experimentado un deseo fortísimo de entender o explicar todo cuanto observaba —es decir, de agrupar todos los datos bajo leyes generales—. Todas estas causas unidas me han proporcionado la paciencia para reflexionar o sopesar durante varios años cualquier problema inexplicado. Hasta donde puedo juzgar, no estoy hecho para seguir ciegamente la guía de otras personas. Me he esforzado constantemente por mantener mi mente libre, hasta el punto de abandonar, por más que la apreciara, cualquier hipótesis (y hay que tener en cuenta que no puedo menos de formularlas sobre todo tipo de temas) en cuanto se demostraba que los hechos la contradecían. En realidad, no tengo más remedio que actuar así, pues, exceptuado el caso de los arrecifes de coral, no puedo recordar ninguna hipótesis inicial que no haya tenido que dejar de lado o modificar considerablemente al cabo de un tiempo. Esto me ha llevado, como es natural, a desconfiar notablemente del razonamiento deductivo en las ciencias mixtas. Por otro lado, no soy muy escéptico: ésta es una actitud intelectual que considero nociva para el progreso de la ciencia. No obstante, en los científicos es aconsejable una buena dosis de escepticismo para evitar muchas pérdidas de tiempo; en efecto, he conocido a bastantes personas que, por ese motivo, han desistido de realizar experimentos u observaciones que habrían demostrado ser directa o indirectamente provechosos.

Para ilustrarlo, relataré el caso más extraño que he conocido. Un caballero (que, según oí más tarde, era un botánico local) me escribió desde los condados del Este para decirme que las semillas de judía común habían germinado aquel año en todas partes por el lado equivocado de la legumbre. Le contesté pidiéndole más información, porque no entendía qué quería decir; pero no recibí respuesta durante mucho tiempo. A continuación vi en dos periódicos, uno publicado en Kent y el otro en Yorkshire, algunos párrafos donde se afirmaba el dato sumamente notable de que «todas las alubias habían germinado aquel año por el lado equivocado». Así pues, pensé que debía de existir algún fundamento para una afirmación tan generalizada. En consecuencia, acudí a mi hortelano, un anciano de Kent, y le pregunté si había oído algo al respecto; y él me respondió: «¡Oh, no señor!, debe de ser un error, pues las alubias crecen siempre por el lado equivocado cada año bisiesto, y éste no lo es». Luego, le pregunté cómo germinaban en los años corrientes y de qué manera lo hacían en los bisiestos, pero no tardé en descubrir que no sabía absolutamente nada sobre su crecimiento en un momento determinado; no obstante, se mantuvo firme en su convicción.

Al cabo de un tiempo tuve noticias de mi primer informante, que, con muchas excusas, me dijo que no me habría escrito de no haber escuchado aquella información a varios agricultores inteligentes, pero que desde entonces había vuelto a hablar con todos ellos y ninguno tenía la más mínima noción de lo que quería decir. Así pues, en este caso, una creencia —si es que se puede llamar creencia a una declaración sin una idea definida vinculada a ella— se había difundido casi por toda Inglaterra sin ningún rastro de prueba. A lo largo de mi vida sólo he conocido tres informaciones intencionalmente falsas, y una de ellas fue, quizá, un fraude (de los que debe de haber varios en el terreno de la ciencia) que, sin embargo, engañó a una revista agrícola norteamericana. Se refería a la formación de una nueva raza de bueyes en Holanda por cruzamiento entre distintas especies de Bos (algunas de las cuales son estériles, según sabía yo casualmente, al aparearse entre sí), y el autor tuvo la desvergüenza de afirmar que se había carteado conmigo y me había dejado muy impresionado con la importancia de sus resultados. El artículo me fue enviado por el director de una publicación inglesa de agricultura, quien me pedía mi opinión antes de publicarlo a su vez.

Un segundo caso fue el de un informe sobre diversas variedades cultivadas por su autor a partir de varias especies de Primula, que habían producido espontáneamente una dotación completa de semillas a pesar de que las plantas progenitoras habían sido cuidadosamente protegidas del acceso de insectos. Este informe se publicó antes de que yo descubriera el significado de la heterostilia, y todo lo que se decía en él debía de ser fraudulento; de no ser así, en el proceso de exclusión de los insectos se habría deslizado algún descuido tan burdo que lo hacía escasamente creíble.

El tercer caso fue más curioso: el Sr. Huth publicó en su libro sobre el matrimonio consanguíneo algunos extractos largos de un autor belga que afirmaba haber cruzado durante muchas generaciones conejos estrechamente emparentados sin el menor efecto perjudicial. La información se había publicado en una revista sumamente respetable, la de la Real Sociedad Médica de Bélgica, pero yo no pude menos de abrigar ciertas dudas: apenas sé por qué, si no es por el hecho de que no se había producido ningún tipo de accidente, cuando mi experiencia en la cría de animales me hacía considerarlo improbable.

Así, después de muchas vacilaciones, escribí al profesor Van Beneden para preguntarle si el autor era una persona de fiar. No tardé en tener la respuesta de que la Sociedad se había sentido indignada al descubrir que toda la versión era un fraude. El autor había sido emplazado en la revista a decir dónde había residido y mantenido su gran reserva de conejos mientras realizaba los experimentos, que debían de haberle exigido varios años, pero no se pudo obtener de él respuesta alguna. Informé al pobre Sr. Huth de que la descripción que constituía la piedra angular de su argumento era un fraude; y él, con la mayor honradez, hizo imprimir de inmediato una hojita en ese sentido para que se insertara en todos los ejemplares de su libro que pudieran venderse en el futuro.

Soy hombre de hábitos metódicos, lo cual me ha resultado bastante útil para mi particular manera de trabajar. Últimamente he dispuesto de mucho tiempo libre al no tener que ganarme el pan. Y hasta mi propia mala salud, aunque ha destruido varios años de mi vida, me ha librado de las distracciones sociales y de otros pasatiempos.

Por tanto, independientemente del nivel que haya podido alcanzar, mi éxito como hombre de ciencia ha estado determinado, hasta donde me es posible juzgar, por un conjunto complejo y variado de cualidades y condiciones mentales. Las más importantes han sido el amor a la ciencia, una paciencia sin límites al reflexionar largamente sobre cualquier asunto, la diligencia en la observación y recogida de datos, y una buena dosis de imaginación y sentido común. Es verdaderamente sorprendente que, con capacidades tan modestas como las mías, haya llegado a influir de tal manera y en una medida considerable en las convicciones de los científicos sobre algunos puntos importantes.